SILENCIAR A SALTER

LOS MISTERIOS DE LUCA

DAN PETROSINI

DAN PETROSINI
MYSTERY & SUSPENSE AUTHOR
www.danpetrosini.com

Impreso ISBN: 978-1-960286-38-3
Printed Naples, FL

AGRADECIMIENTOS

Gracias especialmente a Julie, Stephanie y Jennifer por su cariño y apoyo, y gracias al sargento de brigada Craig Perrilli por sus consejos sobre el mundo real de las fuerzas del orden. Él me ayuda a mantenerme fiel a la realidad.

1

Me sentía nervioso y no sabía por qué. Nuestra niña, Jessica, era un verdadero tesoro, y Mary Ann y yo estábamos disfrutando de nuestro nuevo papel de padres. Las preocupaciones que tenía acerca de que la paternidad entorpeciera mi relación con mi esposa eran infundadas. Hasta ahora. Incluso el dolor intermitente en el abdomen había desaparecido.

La vida iba bien. No podía imaginar que las cosas fueran más dulces de lo que eran. Entonces, ¿por qué me sentía como si estuviera desequilibrado? Algo parecía acechar justo debajo de la superficie. No era ajeno a esa sensación, pero solía ser el resultado de un problema pendiente, como la disolución de las relaciones con mi exmujer, la muerte de mi expareja o el cáncer.

Nos habíamos quedado sin pañales, y tuve que salir a buscarlos a Walmart antes de ir a la oficina. Un nuevo sitio web de artículos infantiles tenía buenos precios, pero un servicio de entrega terrible. Entregué un montón de pañales a Mary Ann, volví al Cherokee y me dirigí al trabajo.

Derrick me llamó cuando pasaba por Bayfront.

"¿Qué pasa?".

"¿Estás de camino?".

"Sí, a punto de girar en la Cuarenta y Uno. ¿Por qué?".

"Recibí una llamada sobre un cuerpo".

Lo sabía. "¿Dónde?".

"En la parte de atrás de un lugar llamado Stone Heaven. Es un almacén de granito en J y C Boulevard".

"Mándame un mensaje con la dirección e iré directamente allí. Asegúrate de que alguien acordone la propiedad. No quiero a nadie a menos de cien pies del cadáver".

Al girar en Airport Pulling Road, me di cuenta de que era 20 de febrero y faltaba un mes para la primavera. En lugar de que las cosas se volvieran más verdes, habían dado un giro hacia la oscuridad.

TRES AUTOS PATRULLA estaban estacionados frente a Stone Heaven. No vi el carro de Derrick. La propiedad no estaba cerrada. El peso de las losas en exhibición anularía cualquier amenaza de que fueran robadas.

Un agente uniformado levantó la cinta de la escena del crimen. Al agacharme, reapareció el dolor en mi abdomen. Al registrarme, agradecí tener una cita con el médico que me había extirpado la vejiga.

Caminando por el sendero, no pude detectar ninguna cámara de vigilancia. Había un conjunto de losas del tamaño de puertas de garaje en distintos tonos de blanco, algunas con vetas grises oscuras y otras puras.

El edificio era industrial, de dos plantas, con la fachada suavizada para albergar una pequeña sala de exposición. A través del cristal se veían dos escritorios con sillas y expositores que me recordaban a una tienda de azulejos. Aparte de eso, no había nada más.

A la derecha del edificio había un estrecho estacionamiento. En la parte trasera había decenas de losas finas a escasos centímetros unas de otras. Parecía una baraja de cartas gigante desplegada. Un par de agentes montaban guardia a unos diez metros. Había jugado al softball con uno de ellos cuando llegué a Naples. Era un buen tipo, pero un pretencioso de talla mundial.

"Hola, Frank. ¿Qué tal estás? He oído que ahora estás domesticado, con mujer y bebé".

"Así es. ¿Y cómo te ha ido, Dillon?".

"Todo bien. Podemos usar un segunda base este año, si no estás cambiando pañales".

"Ja, ja. ¿Qué tenemos?".

"El equipo de reparto estaba cargando las losas del día, y el tipo que trabajaba en la carretilla, Julio Barza, encontró el cuerpo".

"¿Alguien tocó algo?".

"No. El tipo dijo que saltó del montacargas y corrió al almacén a buscar al supervisor", dijo. "El cuerpo está justo pasando la losa negra".

Había un espacio más grande entre las losas, y el cuerpo yacía boca abajo encima de un par de contenedores de losas vacíos. Lo noté enseguida.

Parecía un golpe profesional: manos atadas, bala en la nuca, cinta adhesiva en la boca. La víctima era un hombre blanco, de entre cuarenta y cincuenta años. Seis pies, ciento ochenta libras más o menos. Me puse en cuclillas. Tenía buena piel y estaba bien peinado.

Puse el dorso de mi puño sobre la mano derecha de la víctima. Estaba fría. Acerqué el puño a su sección media. No cedía mucho. Llevaba muerto al menos varias horas. Quizá entre la 1 y las 5 de la mañana.

La víctima llevaba una camisa blanca de manga larga, pantalones azul oscuro y mocasines caros. Me puse guantes y revisé sus bolsillos traseros. No había nada. ¿La gente con tanto dinero no necesitaba llevar cartera o se trataba de un robo?

Tomarse el tiempo de poner un cuerpo en un lugar como este no encajaba con un robo al azar. Quien mató a este tipo probablemente tomó su identidad para ganar tiempo y agarrar un poco de dinero en efectivo.

El equipo forense tendría un escáner móvil de huellas dactilares. Tal vez conseguiríamos una rápida identificación. Rodeé el cuerpo. El patrón de sangre indicaba que había sido arrojado aquí. Por si acaso, busqué un casquillo, sabiendo que si le habían disparado aquí, quien lo hubiera hecho no dejaría ninguno.

¿Quién era este hombre? ¿Por qué le dispararon en la nuca, como en un asesinato mafioso? Sabía que los estereotipos estaban fuera de lugar, pero la víctima no parecía del tipo del crimen organizado.

Tal vez fuera por mi estancia en Nueva Jersey, pero por muy elegante que fuera alguien vestido y arreglado, me daba cuenta de si era un gángster, viendo a través de sus trajes de Brooks Brothers.

Eran la personificación del viejo adagio: puedes pintarle los labios a un cerdo, pero sigue siendo un cerdo. Por muchas manicuras que se hicieran o muchos trajes de seda que llevaran, nada podía ablandar sus corazones.

Tendría que entregar mi placa si el hombre que yacía aquí fuera un gángster. No encajaba. ¿Quién era este tipo y por qué fue ejecutado? Caminé hasta la parte trasera de la propiedad, que no tenía reja. Daba a un edificio con cuatro pequeños negocios: un taller de reparación de computadoras, un decorador, una tienda de música y una oficina de contabilidad.

A la izquierda había un taller de carrocería y a la derecha un taller de plomería. Era una zona industrial muy concurrida, y esperaba encontrar algún testigo. Salí a la calle y esperé al equipo forense.

2

_____

"Feliz cumpleaños, cariño. No puedo creer que ya tengas cuatro meses".

Tomé a Jessica de Mary Ann, besándola en ambas mejillas. Era preciosa. Un ángel de verdad, con el pelo rubio y las mejillas regordetas. Parecía una versión más clara de mi mujer. Jessie empezó a llorar. Se la devolví a Mary Ann y se calmó de inmediato.

Extendí un dedo esperando que Jessie lo cogiera. "¿Qué tienes, algo de magia o algo así?".

"Solo está cansada. Estaba a punto de ponerla a dormir la siesta, pero oí la puerta del garaje".

Me incliné e inhalé. Los bebés tenían un olor propio y era embriagador. "Que duermas bien la siesta, papi. Hasta luego, ¿vale?".

"Tienes que dejar lo de papi. Se confundirá de nombre".

"Eso es ridículo".

"Déjame acomodarla mientras te cambias".

Me dirigí al dormitorio y me fijé en la hora. Eran apenas las 5:30 p.m. No sabía si era por Jessie o por la necesidad de identificar el cadáver antes de poder cazar al asesino, pero me sentía libre de culpa al salir del trabajo a las cinco.

El cadáver era el primer homicidio desde que había nacido Jessica. Había muchas incógnitas en el nuevo caso, y la principal era si podría mantener un equilibrio adecuado entre familia y trabajo.

Mary Ann entró de puntillas en la habitación, con los hombros encogidos hacia las orejas. ¿Por qué hacía eso la gente? ¿Realmente pensaban que eran más ligeros de pies si mantenían los hombros levantados?

"Se durmió en cuanto la acosté".

"¿Se está enfermando de algo?".

"No. No durmió tanto esta tarde. Tendrías que haberla visto. Balbuceaba cada vez que le ponía el móvil".

"Apuesto a que va a hablar pronto. Anoche intentaba decir papá cuando te estabas duchando".

"Sigue soñando, Frank".

"No, te lo juro. Sonaba como si intentara decir papá".

"Tal vez porque no dejas de llamarla papi".

"Muy gracioso. ¿Pongo la parrilla?".

"He sacado unos camarones del congelador. Calentaré la sopa de ayer".

Era la tercera vez en una semana que comíamos camarones. Quería ir corriendo a Burger King y comprarme una Whopper con papas fritas, pero Mary Ann estaba tratando de volver a ponerse en forma y yo tenía que apoyarla. Salí a la terraza sabiendo que almorzaría mi hamburguesa mañana.

Cuando volví a entrar, Mary Ann tenía la televisión encendida pero silenciada. Señal33é una imagen a la izquierda del presentador.

"¿Quién es ese hombre?".

"No lo sé. ¿Por qué?".

"Se parece al tipo que encontramos muerto en J y C Boulevard esta mañana".

"¿Homicidio?".

"Sin duda. Parecía un golpe profesional". Tomé el control remoto, subiendo el volumen.

"¡Frank!".

La imagen del hombre desapareció, reemplazada por un mapa del tiempo. Empecé a cambiar de canal, esperando ver la cara de nuestra víctima. Mary Ann tomó el control remoto y apagó el televisor.

"¿Quieres comer con Jessie en tu regazo? Porque no voy a sostenerla".

"Vale, vale".

JESSIE SE HABÍA DESPERTADO SOLO dos veces durante la noche. Mi trato con Mary Ann era que ella se levantaría primero, y luego rotaríamos. Era una locura, pero nunca me importó levantarme por ella. Era como si tuviéramos nuestro propio tiempo especial juntos en medio de la noche. La niña era increíble.

El café que Derrick me había traído estaba tibio. Me levanté para llevarlo a la cafetería cuando sonó el teléfono de mi escritorio.

"Detective Luca, homicidios".

"Frank, soy el doctor Esposito".

Era el patólogo. "¿Cómo estás, Doc?".

"Estoy por comenzar el examen postmortem. Estoy bastante seguro de saber quién es la víctima".

"¿Lo sabes?".

"Estoy bastante seguro de que es Elby Salter".

"¿Cómo se deletrea eso?".

Anoté el nombre y pregunté: "¿Qué te hace pensar que es él?".

"Mi cuñado patrocinó una mesa en el Ritz para la gala Cure Cancer hace un par de meses. Maggie y yo fuimos, y Elby Salter era el presidente o copresidente del evento".

Puse Elby Salter en la barra de búsqueda y fui a los resultados de las imágenes. Aparecieron una serie de fotos de un hombre vestido de esmoquin. No se parecía al hombre que vi anoche en la televisión.

"¿Qué tan seguro estás?".

"Casi seguro. Le vi en otra ocasión, hace años. Los Salter son una antigua familia de Florida, muy rica, y Elby siempre estaba haciendo una cosa u otra de caridad. Espero que no sea él, pero...".

"Muy bien, entonces. Nos pondremos en contacto con la familia. Veremos si han denunciado su desaparición. Te haré saber si encontramos algo. Mientras tanto, hagan la autopsia, y me informan lo que encuentren. Sería bueno que detectaras algo que ayude a resolverlo rápido".

Entregándole el nombre a Derrick, le dije: "Ponte en contacto con la familia. Averigua si Elby Salter ha desaparecido. Esposito cree que podría ser el cadáver. Voy a calentarme el café".

Caminando por el pasillo, tuve la sensación de que era él. Si era así, sabíamos quién era la víctima. Ahora necesitábamos averiguar por qué le dispararon y quién lo hizo.

3

Derrick se reunió conmigo en el pasillo. "Parece que Elby Salter ha desaparecido. Su esposa dijo que no lo ha visto en dos días".

"¿Reportó a una persona desaparecida?".

Sacudió la cabeza. "Dijo que sabía que no se podía presentar una hasta que alguien estuviera desaparecido cuatro días".

"¿Qué? Eso nunca detuvo a nadie".

"Dijo que supuso que estaba con su amante".

"¿Durante dos noches? Eso es un infierno de matrimonio".

"Son ricos. Tal vez ella está dando vueltas por el dinero".

"O ella tiene su propio novio".

"A eso lo llaman un matrimonio abierto".

"Yo lo llamo locura. ¿Le dijiste que necesitábamos que mirara el cuerpo y viera si era él?".

"Sí, dijo que se daría una vuelta por el forense en una hora más o menos".

"¿No me digas que dijo que se dará una vuelta?".

"Así es como lo dijo".

"Llama a Esposito; dile que va a venir. No quiero que corte a este tipo antes de que llegue la esposa".

"Estoy en ello".

"¿Cómo se llama la esposa?".

"Annabelle".

"Annabelle. Bonito nombre. Era uno de los nombres que le gustaban a Mary Ann. No puedo imaginar a Jessie como Annabelle ahora".

"Hiciste la elección correcta. Me gusta más Jessica".

"Voy a ir a la morgue a hablar con Esposito mientras espero a que aparezca ella. Debería tener la hora de la muerte para nosotros".

ME PUSE el suéter que guardaba en el maletero y me abroché el blazer antes de entrar en el edificio de poca altura que albergaba al forense de Collier. Aún hacía frío. El doctor Esposito estaba en su despacho. Metiéndome las manos en los bolsillos, me dirigí al despacho del patólogo por un pasillo sin ventanas.

En la esquina del escritorio del doctor había una taza de café que decía *Los forenses lo hacen con bisturí*. Esposito llevaba puestos unos auriculares y tecleaba. Levantó la cabeza y levantó un dedo. Tecleó un par de palabras más antes de quitarse los audífonos.

"¿Cómo estás, Frank?".

"Todo bien".

"¿Cómo está el nuevo bebé?".

Sonreí. "Bastante impresionante, si lo digo yo".

"Es un regalo de Dios".

Saqué mi teléfono. "Aquí está".

"Tienes una monada ahí, Frank. Veo mucho de ti en ella, algo de tu parecido con George Clooney. Disfrútala mientras dure".

¿Mientras dure? "Lo estamos haciendo".

"Derrick dijo que Elby Salter no había sido visto, y su esposa está por venir. Parece que tenías razón".

"Es una maldita lástima. Solo tiene cincuenta y tres años".

"Doc, ¿tienes ya la hora de la muerte para mí?".

"En algún momento entre la una y las dos de la madrugada del veinte de febrero".

"Bien. Es obvio, pero tengo que preguntar: ¿Causa de la muerte?".

"Herida de bala en la parte posterior de la cabeza. Supongo que fue una .357 o tal vez una .44, pero no voy a sacarla hasta que el pariente más cercano confirme la identidad".

"Sé que no empezaste, pero ¿hay algo que puedas decirme?".

"Un examen exterior no indicó nada extraordinario. Una cicatriz abdominal que parece tener su origen en una intervención de hernia y una en la rodilla que probablemente fue el resultado de una reparación quirúrgica de su ligamento cruzado anterior".

"No hay moretones. ¿En la cabeza o en el cuerpo?".

"Ninguno".

La víctima había sido sorprendida por sus agresores o los conocía. No se resistió ni necesitó ser silenciado. Alguien pudo acercarse por detrás, clavarle el cañón de la pistola en la espalda y meterlo en un auto o camioneta, donde lo ataron.

"Te agradecería que hicieras un análisis de sangre completo. Si es Elby Salter, tenía dinero, y no se sabe qué sustancia podría haber estado tomando".

"No es probable que estuviera tomando una sustancia ilegal".

"¿Qué te hace decir eso?".

"En primer lugar, parece gozar de una salud excelente y, en segundo lugar, no son de los que van por ahí en público. Son una familia privada y discreta".

No quería insultar al doctor desafiando su ignorancia. "Veamos qué nos dicen los análisis de sangre, si es que nos dicen algo".

Sonó el teléfono de Esposito. La señora Annabelle Salter estaba aquí. No había hablado con ella y no sabía nada de esta mujer, pero eso no me había impedido formarme una imagen mental de ella.

HABÍA dos mujeres en el vestíbulo. Lo primero que se me vino a la cabeza fue *The Stepford Wives*. Nunca había visto la película ni sabía de qué iba. Me acerqué a ellas con la esperanza de acordarme de la película. Las mujeres tenían caras y complexiones similares. Parecían emparentadas e iban vestidas con un estilo discreto, ambas con pantalones oscuros, una con una chaqueta corta sobre una blusa blanca, la otra con una blusa de manga larga y color crema. Tenían el mismo pelo color miel y llevaban zapatos bajos de piel.

"Hola, señoras. Soy el detective Frank Luca".

La mujer que llevaba la chaqueta se adelantó y extendió la mano. "Annabelle Salter. Es un placer conocerle. Esta es mi hermana, Savannah".

Noté un temblor en su mano antes de estrechársela. "Ojalá fuera en otras circunstancias, señora".

Annabelle asintió brevemente. "¿Vamos?".

No tenían ni idea de a dónde iban, pero me oí decir: "Después de usted". Me hice a un lado y luego dije: "Es la tercera puerta a la derecha".

Savannah cogió a su hermana de la mano cuando se detuvieron frente a una puerta marcada como *Privado*. Di un rodeo delante de ellas y pregunté: "¿Listas?".

Annabelle se mordió el labio inferior y asintió. Abrí la

puerta y di paso a una pequeña habitación. Una ventana translúcida dominaba la pared izquierda. Un par de sofás se alineaban en la pared opuesta.

Cerré la puerta tras ellas y me puse al lado de la ventana. Puse la mano en un interruptor de la pared. "¿Lista?".

Annabelle respiró hondo. "De acuerdo".

Accioné el interruptor y la ventana se despejó. Una sábana cubría el cuerpo en la camilla. El doctor Esposito estaba de pie junto a los hombros del cadáver, mirándome a los ojos. Asentí y él retiró la sábana, dejando al descubierto la cabeza.

Un grito ahogado y luego: "Dios mío, Elby". Annabelle empezó a llorar y su hermana la alejó de la ventana mientras Esposito cubría el rostro de Elby Salter.

"¿Quiere sentarse?".

Ella negó con la cabeza.

"¿Es ese su marido, Elby Salter?".

Labios temblorosos. "Sí".

"¿Por qué no lleva a su hermana a casa, y hablamos más tarde si ella está dispuesta?".

DERRICK DIJO, "¿CÓMO TE FUE?".

"Digamos que es la parte más horrible del trabajo, pero sabemos con certeza que es Elby Salter".

"Mira, llegó una llamada. Un tipo paseando a su perro en J & C esa noche cree que vio algo".

"Ahora estamos hablando. ¿Qué dijo?".

"Su perro estaba cagando cerca de Stone Heaven, y vio un Explorer blanco entrar en la entrada".

"¿Vio a alguien?".

"Sí. Lo voy a traer para que trabaje con un dibujante".

"Tal vez tengamos suerte".

4

Colgué el saco y, aflojándome la corbata, dije: "Derrick, necesitamos saber todo lo posible sobre Elby Salter. Quiero saber todo lo que hizo las últimas cuarenta y ocho horas antes de ser asesinado. Con quién estuvo, dónde estuvo. Revisa sus tarjetas de crédito, registros telefónicos, todo lo necesario".

"Estoy en ello. Después de que llamaras, hice una búsqueda en internet. La familia Salter tiene raíces en Florida desde que Florida se convirtió en estado. No sé si es mentira o no, pero ¿sabías que Florida tenía su propia moneda antes de convertirse en estado?".

"Ni idea. ¿Qué más has aprendido?".

"No hay mucho por ahí. Es hijo de Delilah y Prescott Salter. Encontré un obituario de la madre pero nada sobre el viejo. Tenían otro hijo, Chadwick, y él y Elby controlan una empresa llamada Southern Motor Works. Son dueños de varios concesionarios de autos en todo el estado. Se mencionaron un par de proyectos inmobiliarios de los que formaba parte, algo sobre su intento de que los Red Sox se trasladaran a Naples, y un montón de cosas de beneficencia".

"¿Desde dónde trabajan?".

"No lo sé. No recuerdo nada sobre una sede o algo así".

Fui a la pizarra, tomé un marcador de color naranja, escribí Elby y lo rodeé con un círculo. Tracé una línea a la izquierda y escribí Annabelle/esposa. A la derecha, Chadwick/hermano. Debajo, negocios.

"Saca fotos de los tres aquí arriba. Por ahí vamos a empezar. La primera es la esposa. Tú ponte en marcha con las tarjetas de crédito y los registros telefónicos. Voy a conseguir algunos antecedentes de Annabelle antes de ir a verla. Por cierto, dijiste que parecía despreocupada por su desaparición cuando la llamaste, ¿verdad?".

"Sí. Me sorprendió un poco".

"Ella se comportó casi a la perfección hoy".

"¿Qué quieres decir? ¿Crees que estaba fingiendo?".

"No sé lo que quiero decir, solo que estaba reservada, apropiada".

"Estar en una morgue puede hacerte eso".

"Sí. A trabajar".

Saqué la licencia de matrimonio de Annabelle y Elby Salter. Se casaron hace veintitrés años, cuando Elby tenía treinta y su nueva novia, veinticinco. El apellido de soltera de Annabelle era Baker. Anoté los datos de la solicitud, incluida su vivienda en aquella época.

La dirección estaba a nombre de Thomas y Mavis Baker. Tenían que ser sus padres. Fui a Google Earth. Lo que apareció fue una inmensa propiedad con varios edificios. El dinero se había casado con el dinero.

LA CASA de los Salter estaba en la zona alta de Gordon Drive. La denominé la fila de los millonarios. Se decía que en la zona de Naples vivían más directores ejecutivos de Fortune 500 que en ningún otro lugar del país. Teniendo en cuenta Nueva York, Greenwich, San Francisco y otros enclaves ricos, no estaba seguro, pero de ser cierto, era probable que vivieran en Gordon Drive.

Pasando una casa gigantesca tras otra, aminoré la marcha a medida que las direcciones se acercaban a mi destino. Esperando una entrada llamativa, volví a comprobar la dirección de la entrada no cerrada que era mi objetivo.

Miré hacia delante, entrecerrando los ojos mientras el Golfo de México reflejaba el sol. El camino de la izquierda conducía a una gran mansión georgiana. Me fijé en una placa circular desgastada con una flecha apuntando a la izquierda. Ponía Elby y Annabelle. Busqué una señal de adónde llevaba el camino de la derecha, pero no encontré nada. Había una casa en esa dirección, pero estaba oculta por un grupo de palmeras.

Me dirigí hacia la mansión amarilla, pensando en lo agradable que sería sentarse en uno de aquellos porches, copa de vino en mano, y contemplar el Golfo. La casa de dos plantas tenía porches en ambos niveles que rodeaban el edificio, con columnas redondas que sostenían el amplio mirador. Lo primero que pensé fue en la película *Lo que el viento se llevó*. No sabría decir por qué, porque yo tampoco la he visto.

Aunque el paisajismo era mínimo, había mucho que ver. Frente a la casa había una fuente en forma de delfín rodeada de un lecho de flores moradas. Dos buhardillas en la pendiente del tejado parecían los ojos de una rana. A la derecha había una pista de tenis y a la izquierda una zona de piscina.

Aunque la casa y el entorno eran extraordinarios, había normalidad en la propiedad. No se podía decir que no estuviera cuidada, lo estaba, pero no al nivel de las casas frente al mar de Gordon Drive.

Cuando me di cuenta de que la casa era discreta, como la

mujer que conocí hoy, la puerta principal se abrió. La cuñada del muerto, Savannah, saludó.

"¿Cómo se encuentra su hermana?".

"Bien. Supongo...".

"Sé que puede parecer desconsiderado, pero es mejor que hable con ella lo antes posible".

"Annabelle es consciente de que la policía necesita hablar con ella. Está atrás, en la veranda".

¿Veranda? Era un porche. Un porche muy bonito, pero un porche. Me decepcionó que me guiara por el porche en vez de por la casa. Nunca sabes lo que puedes aprender viendo el interior de la casa de una víctima. Pero, la verdad, la verdadera razón de mi disgusto era no haber tenido la oportunidad de ver cómo era el lugar.

Pasamos por delante de varios grupos de asientos cómodos de camino a la parte de atrás. Había ventiladores giratorios colgados cada seis metros. La casa era casi tan profunda como ancha. La vista del Golfo se ampliaba a cada paso. A pocos pasos de la parte trasera, vi a Annabelle. Llevaba un vestido floreado que encajaba con el entorno, pero estaba fuera de lugar, dadas las circunstancias.

Se levantó para saludarme. Tenía los ojos enrojecidos.

"Bienvenido a nuestra casa, detective".

"Agradezco su disposición para hablar tan pronto después del...".

"¿Puedo ofrecerle un vaso de limonada?".

"Suena bien".

Savannah desapareció en la casa, y Annabelle dijo: "Por favor. Tome asiento".

Tenía los dientes blancos, pero no carillas. Llevaba pendientes de perlas pero ninguna otra joya excepto un sencillo anillo de casada. No recordaba si se lo había puesto antes. Había algo en esta mujer. Podía sentir su atracción.

"Sé que esto es difícil para usted, pero encontrar a la persona que hizo esto es más fácil si empezamos cuanto antes".

"Golpear mientras el hierro está caliente, supongo".

Savannah apareció de la nada con un vaso de limonada en una bandeja.

"Gracias. Tomé el vaso helado. Bebí un sorbo y vi a Savannah volver a la casa. No quería saber nada de esto. ¿O era por respeto a la intimidad de su hermana?

Dejé el vaso. "Hábleme de su marido, Elby".

"Bueno, no hay mucho que decir. Nos conocimos en la boda de mi prima Magnolia y nos casamos un año después".

"¿Tiene hijos?".

"No. Me temo que no".

Quería decirle que no sabía lo que se perdía, pero era pronto para mí. "¿A qué se dedicaba su marido?".

"La familia Salter tiene varios intereses empresariales".

"Sé que está involucrado en concesionarios de automóviles. ¿Qué más?".

"Bienes raíces, agricultura, manufactura, casi cualquier cosa que pueda imaginar".

¿Significaba eso algo ilegítimo? Tomé mi vaso. Estaba húmedo por la condensación. Si se buscaba la palabra refrescante, podría haber una foto de mi limonada.

"¿Dirigía activamente algún negocio en particular?".

"Yo no lo calificaría de dirigir un negocio, más bien de supervisión estratégica. Elby se centraba en la planificación a largo plazo. Nunca faltaba a sus reuniones mensuales de estrategia, pasara lo que pasara".

"¿A qué intereses o aficiones se dedicaba su marido?".

"Además de presidir varias organizaciones benéficas, Elby tenía adicción al béisbol, en particular a los Medias Rojas de Boston".

"¿Era de Boston?".

"Cielos, no. Nació y creció aquí. En esta misma propiedad".

"Oh. Entonces, ¿por qué los Medias Rojas de Boston?".

"No estoy segura. Podría ser que la familia tuviera una casa en Martha's Vineyard, pero probablemente tuvo que ver con los orígenes de la Revolución Americana".

Quise preguntarle si era uno de esos tipos que se disfrazaban y recreaban escenas de la lucha por la independencia, pero no lo hice.

"Háblame de los posibles enemigos que pudiera haber tenido Elby".

"¿Enemigos? Estamos hablando de Elby. Todo el mundo quería a Elby".

"¿Ningún problema con socios de negocios?".

"Elby nunca hablaba de negocios conmigo. Era una regla de la familia Salter. Los negocios eran un tema familiar. Si no nacías Salter, no eras de la familia, aunque te casaras con alguien de la familia".

Sonaba extraño, pero podía ver que los ricos eran sensibles con los extraños.

"Cuando mi compañero la llamó esta mañana, creo que hizo una referencia sobre la posibilidad de que su marido estuviera con otra mujer".

"Los hombres Salter tienen un historial de jugar en el campo, independientemente de su estado civil".

"¿Hubo una mujer en particular con la que pasó tiempo recientemente?".

"Tendría que preguntarle a su hermano sobre eso".

"¿Chadwick?".

"Sí".

Si estaba tan molesta como para matar a su marido por sus aventuras, no lo demostró. Debe haber estado sucediendo durante años. Eso dejaba el dinero como posible motivo para que Annabelle matara a su marido. No parecía probable, ya que sus padres parecían estar bien, pero no podía descartarlo.

Una y otra vez, dos constantes en un homicidio eran que el asesino solía ser cercano a la víctima y que la motivación era la codicia. Quería preguntarle por un acuerdo prenupcial, pero no podía imaginar que una familia como los Salter no insistiera en ello. Era una pregunta que el hermano podría responder.

"¿Conoce el paradero de su marido el día que fue asesinado?".

Le tembló el labio. "Parecía un día normal. Desayunamos aquí fuera y se fue".

"¿A trabajar?".

"Eso supuse".

"¿Cómo iba vestido?".

"Camisa de vestir y pantalones, pero sin corbata".

"¿Solía llevar corbata?".

"No, detestaba llevar corbata".

"¿Cuándo lo esperaba en casa?".

"Dijo que tenía una cena en Fort Myers".

"¿Era eso inusual?".

"No. Pero francamente, podría haber sido una tapadera para una cita con una amiga".

"Podemos necesitar su ayuda para obtener acceso a sus registros telefónicos. Podrían proporcionar información crítica. ¿Estaría dispuesto a ayudar si lo necesitamos?".

"Sí. Por supuesto".

Hice algunas preguntas incidentales más, terminé mi limonada y eché otro vistazo al Golfo antes de marcharme. Después de saber más sobre Elby Salter, volvería con más preguntas para Annabelle.

5

JESSICA ESTABA PROFUNDAMENTE DORMIDA EN SU MOISÉS. Mary Ann la miró una vez más y se metió en la cama. Al salir del baño, ajusté el termostato.

"¿Has bajado el aire?".

"Sí".

"No quiero que haga demasiado frío para ella".

"Lo puse a setenta y cuatro".

"Bien. Estará bien".

Me metí en la cama y tomé el control remoto de la mesa de noche. "Hace calor. Puse el ventilador en bajo".

"Está bien". Mary Ann se puso de lado y me besó la mejilla. "Te quiero. Buenas noches".

"Sabes, deberíamos hacer un testamento".

"¿Un testamento?".

"Sí, ahora tenemos a Jessie...".

"¿Estás preocupado porque tuviste cáncer?".

Aunque lo estaba, dije: "No es solo eso. Podría pasarnos algo a los dos, ¿y luego qué? ¿Quién cuidaría de Jessica? ¿Con quién viviría?".

Mary Ann se apoyó en un codo. "¿Está todo bien contigo, Frank?".

Eso esperaba, pero estaba lleno de dudas. "Cálmate. Estoy hablando de Jessica. Tenemos la responsabilidad de mantenerla. Francamente, hemos sido irresponsables. Las malas cosas surgen de la nada, y no quiero a cualquiera como su tutor".

"Tienes razón. Esto necesita mucha reflexión. Dios no quiera que llegue a eso. No sé con quién querría que viviera. Ni siquiera puedo pensar así".

"Tenemos que hacerlo".

"¿En quién estabas pensando?".

"No lo sé. Las únicas dos personas en las que puedo pensar ahora mismo son Derrick y los Blazers".

"Derrick ni siquiera está casado. Jeanie y Paul tienen a Brian, y son unos padres maravillosos".

"Realmente no los conocemos, Mary Ann. Conozco a Derrick; es mi compañero".

Ella sonrió. "Realmente has dejado pasar todo el asunto de Garrison, ¿verdad?".

"El chico cometió un error. Es una buena persona, ética y moralmente. Creo que si algo nos pasara, él daría un paso al frente y cuidaría de Jessie. Realmente lo creo".

"Todavía no está casado, y no tiene experiencia criando a un niño".

"¿Qué? No teníamos ninguna experiencia, ningún padre nuevo la tiene".

"Ya lo sé. No es eso, es...".

"Lo entiendo. Es porque es un hombre".

Ella desvió la mirada. "No. No, eso no es verdad".

Era verdad. "Está bien, Mary Ann. Lo entiendo. Una madre es especial. No podrías imaginar a un hombre haciendo lo que tú haces. Tienes razón, pero Lynn será una buena madre, y a Jessie parece gustarle de verdad".

"Ella me agrada, pero...".

"Esto no puede ser más importante. Vamos a pensarlo y hablarlo esta semana. ¿De acuerdo?".

"Da miedo pensar en ello, pero gracias por mencionarlo".

Balanceé las piernas fuera de la cama. "Duerme bien".

"¿Adónde vas?".

Me acerqué de puntillas al moisés y me quedé mirando a mi pequeña antes de volver a subirme a la cama.

DERRICK PUSO un café sobre mi escritorio. "Buenos días, Frank".

"Buenos días".

"¿Pasa algo?".

Lo había estado mirando, preguntándome qué clase de padre sería. "No, no. Solo pensaba en Elby Salter".

"Tengo los registros telefónicos".

"Bien". Me llevé el café a la boca y me detuve. Tal vez beber demasiado café era lo que me molestaba en el estómago. Bajé la taza.

"¿Qué pasa? Le puse solo un toque de leche, como a ti te gusta".

"Me molesta el estómago".

"Ayer te vi frotándotelo".

"No es nada, nervios o algo así".

"Deberías hacer que te revisen, Frank. No puedes jugar con estas cosas, especialmente después de lo que pasaste".

Derrick realmente se preocupaba por mí. Era otra razón por la que pensé que cuidaría de Jessie si era necesario.

"Lo sé. Hice una cita con el médico".

"Bien".

Necesitaba un impulso, y un café más no podía hacer daño,

¿verdad? Tomé un sorbo de café y dije: "El café está perfecto, como siempre. ¿Qué tenemos con los números de Salter?".

"Dos llamadas salientes a Chadwick Salter, dos a una tal Cindy Baylor, una a Prescott Salter, ese es su padre, ¿no?".

"Sí. ¿Qué hay de las llamadas entrantes?".

"Entrantes, hubo una llamada de su esposa, una de Chadwick, y cuatro llamadas de Cindy Baylor. El día anterior también hubo tres llamadas de una tal Marie Redoux y una llamada de un tal Ronald Weaver. Ese es el mismo nombre del tipo que solía jugar en primera base para Boston".

"Podría ser él. Su esposa dijo que Elby era un gran fanático del béisbol y amaba a los Red Sox".

"Muchos jugadores, sobre todo de Boston, viven aquí, ya que entrenan en Fort Myers".

"Sí. Los Sox y Minnesota están en Fort Myers, los Orioles en Sarasota y los Yanks en Tampa".

"Los Red Sox están construyendo un nuevo estadio en Collier. Una de las cosas que aparecieron cuando busqué en internet fue algo que relacionaba a Salter con el traslado".

"Tú dijiste eso. Me hizo recordar haber visto algo en la tele sobre un acuerdo por los terrenos. Aunque probablemente llevará dos o tres años construirlo".

"Deberíamos ir a un partido antes de que termine el entrenamiento de primavera".

"Suena divertido, tal vez cuando jueguen los Yankees".

"Eso sería interesante, especialmente desde que Peters abandonó el barco y se fue a los Yankees".

"¿Qué le dan, como veinte millones al año?".

"Sí. Veintidós millones. Se está volviendo una locura. Supongo que por eso los Medias Rojas lo dejaron ir. Veré más tarde quién juega dónde".

"De acuerdo. Tenemos que empezar a entrevistar. Me

gustaría empezar con el hermano, y apuesto a que Cindy Baylor era la novia de Elby".

"Probablemente. ¿Crees que su esposa también estaba haciendo de las suyas?".

"Normalmente, diría que una mujer como ella no lo haría. Pero nunca se sabe. Puede haber hecho algo por venganza".

"Y la única buena venganza es la que ha ido demasiado lejos".

"Oye, ese es mi dicho".

"Y uno bueno. Es tan cierto".

"Tienes que darme crédito si vas a usar mis *lucaismos*".

"Pura sabiduría. Estoy aprendiendo a los pies de un auténtico maestro".

Le lancé una bola de papel. "Manos a la obra".

"¿Qué quieres que haga?".

"Ven conmigo a ver a Cindy Baylor. Veamos si es la novia y qué tiene que decir".

"¿Pensé que querías empezar con el hermano?".

"Lo cambié. Puede que saquemos algo de ella que nos permita saber si el hermano miente o encubre algo".

El dolor sordo en mi vientre comenzó a agudizarse. "Voy a mear. Localízala mientras estoy fuera".

6

AL ENTRAR EN EL INODORO, ME ADELANTÉ AL HORARIO previsto y, por primera vez en un año, vencí a mi alarma de pipí. ¿Por qué tenía problemas? ¿Era el hecho de haberme pasado de la raya con las órdenes del médico de orinar cada dos horas? ¿Había creado yo el desastre que se estaba gestando en mis entrañas?

Ahora era padre. No podía correr riesgos con mi salud. Tenía la sensación de que se trataba de un problema grave. Quizá la vejiga que me habían fabricado estaba fallando por abusar de ella. Si no era lo que estaba empezando a creer que era, y Dios estaba haciendo sonar una campana de alarma, iba a escuchar.

Acariciándome el abdomen, empecé a pensar que era un error que esperáramos a que Jessica cumpliera seis meses para bautizarla. ¿Y si pasaba algo? A mí, o Dios no lo quiera, a nuestro angelito. No le creía a la Iglesia cuando decía que los niños no bautizados que morían se iban al limbo. Sonaba inventado e interesado, pero no quería correr riesgos.

Iba a hablar con Mary Ann más tarde y fijar una fecha en cuanto la iglesia pudiera hacerlo. Necesitaríamos a alguien que actuara como padrino. La cuestión volvía a ser quién, pensé, mientras salía un hilillo de orina.

A medida que aumentaba el flujo, el dolor de mi vientre se disipaba. Me sentí aliviado de que desapareciera, pero temeroso de que confirmara que algo iba mal en mis tuberías. Estuve dándole vueltas a llamar al médico para ver si podía adelantar mi cita mientras terminaba.

Después de lavarme las manos, le envié un mensaje a Mary Ann diciéndole que teníamos que hablar del bautizo de Jessica más tarde.

Derrick estaba pegado a su pantalla. Esperaba que no se estuviera volviendo adicto a internet, como la mayor parte del país.

"¿Estás listo para salir?".

"Recibimos el informe de la autopsia que mandó Esposito".

"Imprime una copia para el archivo del caso".

"Acabo de enviarla. Está en la impresora".

Tomé un puñado de papeles calientes de la impresora y empecé a leer mientras volvía a mi escritorio.

La bala era una Magnum .357 de punta hueca, del tipo que se expandía al entrar para causar el máximo daño a los tejidos. Elby Salter no había tenido ninguna oportunidad. El equipo forense no encontró un casquillo en la escena. Quien lo hizo, o recogió el casquillo antes de irse o utilizó un revólver. Estaba seguro de que era un revólver. Parecía profesional, y cualquiera con experiencia querría eliminar la posibilidad de que se estableciera una relación.

Se detectaron residuos de disparo en la base del cráneo. El arma estaba presionada contra el cráneo cuando se disparó. La trayectoria de la bala fue de cuarenta grados y se alojó en la zona del giro precentral del lóbulo frontal. La causa de la muerte fue una hemorragia masiva.

No se encontraron pruebas de sustancias extrañas, legales o

ilegales, en el organismo de la víctima. Elby Salter no consumía drogas y no fue drogado por su asesino para someterlo. Conocía al asesino o fue sorprendido y sometido por él. Elby Salter tenía un rastro de alcohol en la sangre que Esposito estimó que fue causado por beber menos de un vaso de una bebida alcohólica.

Aparte de la herida de bala, el cuerpo de Elby Salter no presentaba otras abrasiones, magulladuras o laceraciones. Su estado de salud era bueno en general, aunque tenía el hígado ligeramente agrandado y pequeñas cicatrices en los pulmones.

Si no le hubieran disparado, Salter tenía bastantes posibilidades de vivir hasta los noventa años. En lugar de jugar al pickleball y recordar la afortunada vida que había llevado, Salter iba a ser incinerado mañana. No había nada en el informe que planteara objeciones; tenía que entregar el cadáver a la familia.

Me quedé mirando la foto de Elby Salter que Derrick había pegado en la pizarra. ¿Cómo es posible que este tipo de la vieja guardia recibiera un tiro en la nuca como si fuera un traficante de drogas? ¿Qué ha pasado, Elby? ¿En qué lío te has metido?

"Derrick, no tienes que leer todos los paneles".

"Ya lo sé. Solo lo estaba repasando, no quería perderme nada".

Estaba siendo cuidadoso. Un buen rasgo para tener como detective y como guardián. "La autopsia no nos dio nada más de lo que sabíamos".

"Tomó un trago, o al menos la mitad de uno".

"Cierto. Saber dónde lo tomó podría ayudar, pero creo que fue tan simple como una copa de vino con el almuerzo".

"Pudo pasar algo en la comida, o recibió una llamada durante la comida que le hizo levantarse e irse. Quizá por eso solo se tomó medio vaso o algo así".

"Es posible, porque tenía el estómago vacío, pero ya lo averiguaremos. Si estaba almorzando en algún sitio, debería ser bastante fácil de averiguar. Vamos a ver a Cindy Baylor".

La novia de Elby Salter vivía en una de las casas unifamiliares que se habían construido en la parte trasera de Mercato. Recordaba cuando se levantó la primera de las casas blancas de estilo Key West. Un cartel anunciaba precios a partir de un millón. El cartel se había modificado varias veces, y la última vez que lo consulté, los precios eran de 1.8 millones de dólares. Era una locura de dinero para vivir al lado de un estacionamiento de Whole Foods.

Nos detuvimos tras cruzar la puerta y Derrick dijo: "Esto de aquí atrás está muy bien".

Podría haber sido muestra de su juventud. "No para mí. Es una molestia cada vez que quieres entrar y salir de aquí".

"No es tan malo. Puedes ir andando a todos los sitios de Mercato. Ni siquiera necesitas el auto para hacer las compras".

Me detuve en la casa de Cindy Baylor. Estaba escondida al final de la pequeña comunidad, y no tenía a nadie al lado. Era más bonita de lo que esperaba, pero aunque me sacara la lotería, no era para mí.

Derrick tocó el timbre y la puerta de color verde marino se abrió.

Como era de esperar, Cindy Baylor no se parecía en nada a Annabelle Salter. Llevaba unos pantalones cortos vaqueros con un agujero deshilachado a medio muslo y una blusa roja y sedosa. Puede que fueran sus ojos inyectados en sangre, pero parecía vulnerable. Baylor no era vulgar. Tenía un magnetismo inconfundible. Una atracción sexual. Hace diez años, tal vez me le hubiera insinuado.

Me presenté y me alegré de que Derrick no extendiera la mano para estrechársela como hice yo. Usaba la cabeza para pensar, a diferencia de muchos hombres.

"Pasen".

Nos hizo pasar a una zona con césped en la pared y sillas bajas con brazos y patas cromados. Un cuenco azul y una revista *GulfShore Life* coronaban la mesa de Lucite en el centro de la zona de asientos.

Cuando me senté, le dije: "Sentimos su pérdida, pero tenemos algunas preguntas que hacerle".

"Lo comprendo. No puedo creer que sea real".

Derrick dijo: "¿Cuánto tiempo estuvo viendo a Elby Salter?".

"Solo unos cuatro años".

"¿Él compró este lugar para usted?".

"Uh, el ayudo un poco, mi acuerdo de divorcio fue casi suficiente para comprarlo".

Dije, "¿Hace cuánto fue el divorcio?".

"Finalmente fue en febrero pasado".

Derrick dijo: "Entonces, ¿salía con el señor Salter mientras estaba casada?".

Baylor entrecerró los ojos pero no dijo nada.

Yo dije: "El señor Salter le hizo dos llamadas el día que fue asesinado. ¿Puede decirnos la naturaleza de esas llamadas?".

"Probablemente sepan que Elby y yo hablábamos casi todos los días. Se suponía que nos reuniríamos esa noche. Me llamó después del juego y me dijo que iba a una reunión y que me llamaría más tarde".

Derrick dijo, "¿juego?".

"Un partido de entrenamiento de primavera de los Red Sox. Él y Ronnie fueron a casi todos los partidos".

Derrick preguntó, "¿Ronnie quién?".

"Ron Weaver. Jugó para los Red Sox y ahora es el gerente general. Elby y él son buenos amigos".

"Bueno, adelante".

"Bueno, llamó de nuevo. Creo que fue sobre las seis de la

tarde. Dijo que estaba pendiente y que me llamaría más tarde. Pero nunca lo hizo".

"¿Y le llamó cuatro veces?".

"¿Qué se suponía que debía hacer? Estaba preocupada. Elby no era perfecto, pero si decía que iba a hacer algo, lo hacía".

Le dije: "No hay nada malo en llamarlo".

Llegó un mensaje de texto de Mary Ann. Jessica tenía fiebre y estaba en la consulta del pediatra. Le devolví el mensaje preguntándole cuánta fiebre tenía.

Derrick dijo: "¿Qué sabe de los enemigos de Elby Salter?".

"Yo, yo no sé nada de eso. Era un hombre amable. Quiero decir, era testarudo muchas veces, pero creo que fue por crecer de la manera en que lo hizo. Viniendo de esa familia, Elby estaba acostumbrado a salirse con la suya".

La forma en que dijo *esa familia* merecía un seguimiento, pero el texto de Mary Ann decía que Jessie tenía 102.8 de fiebre. Tenía que salir volando de aquí.

"Gracias por su tiempo. Estaremos en contacto".

Me puse de pie y miré a Derrick, que seguía sentado. "Tenemos que volver".

De camino a la puerta principal, le dije a Baylor: "Es la primera vez que vengo aquí. Me gusta; es muy bonito. ¿Cuánto tiempo lleva aquí?".

"Fui una de las primeras en llegar, hace unos tres años".

Ella había mentido sobre quién había pagado por el lugar. Si el divorcio había finalizado hacía trece meses, no habría tenido dinero para comprar su nueva casa. El dinero tenía que venir de alguna parte, ¿y qué mejor lugar que su novio rico?

Tal vez le preocupaba perder la casa, o podía ser algo más preocupante. Las mentiras eran como los mosquitos: si había una, podías estar seguro de que había otras en camino.

7

Antes de cerrar la puerta de la Cherokee, Derrick dijo: "¿Qué fue eso?".

"Jessie está enferma. Tiene fiebre alta. Mary Ann la llevó al médico".

"Oh no. ¿Qué tan alta?".

"Casi ciento tres".

"Sé que da miedo, pero los niños tienen fiebre alta. Recuerdas a mi sobrino, ¿verdad? Tuvo ciento cinco un par de veces".

"Ciento tres es alto, hombre".

"¿Quieres que te deje y te reúnes con Mary Ann en el médico?".

"Eso sería genial. Está cerca, al lado de NCH en Immokalee".

"No hay problema. ¿Qué te pareció Baylor?".

"Mintió sobre el uso de las ganancias del divorcio para pagar la mayor parte de la casa".

"Uno pensaría que ella tendría un poco de vergüenza de salir con un hombre casado durante cuatro años".

Derrick estaba subiendo la escalera de padrino. "No lo justifico, pero se necesitan dos para bailar tango, y parece que a Elby le gustaba bailar".

"Deberíamos echar un vistazo a su marido. Podría haber estado involucrado".

"No hay duda de que debe ser absuelto, pero ¿por qué esperar tanto? Tuvieron una relación de cuatro años".

"Tal vez algo sucedió recientemente para llevarlo al límite. Tal vez la realidad de perder a su esposa finalmente le golpeó. Empieza a beber, se vuelve loco".

"Suena como si estuvieras tramando un programa de televisión".

"La vida real es más extraña que la mierda que ponen en la tele".

"Sin duda. Volveremos a verla, después del hermano. Puede que sepa algo sobre la reacción del marido".

Derrick se detuvo frente al edificio del médico. "Buena suerte, estoy seguro de que va a estar bien".

"Gracias".

"Avísame lo que pasa con ella tan pronto como lo sepas, ¿de acuerdo?".

Irrumpí por las puertas de cristal del edificio y subí los escalones de dos en dos hasta el tercer piso. Mary Ann salía de la consulta de la doctora Amato.

"¿Cómo está?".

"Infección de oído".

Jessie estaba durmiendo. "Está toda sonrosada".

"Deberías haberla visto antes de que el doctor le diera Tylenol para bebés. La doctora Amato dijo que la vigilara y le diera más si le subía la fiebre. Envió una receta de amoxicilina a la farmacia".

"Llevémosla a casa e iré a recogerla".

Le envié un mensaje a Derrick diciéndole que Jessica estaba mejor y que me recogiera en mi casa.

ME QUEDÉ MIRANDO la dirección de Chadwick Salter. ¿En serio? Intenté averiguar por qué Annabelle no me había dicho que vivía al lado, en la misma propiedad. ¿Fue una omisión intencionada? ¿O un descuido inofensivo?

El hermano de la víctima fue cordial por teléfono, pero quería reunirse en su oficina de la ruta 41. Dos entrevistas con los Salter y no pude ver la casa de ninguno de los dos. ¿Fue orquestado? ¿O eran tan reservados?

La oficina de Chadwick estaba en la segunda planta de un edificio pintado de azul cielo y rosa. Estaba recién pintado y cuidado, pero era anticuado. Probablemente se construyó en los años setenta. Busqué un ascensor o el vestíbulo. No había ni uno ni otro. Las escaleras daban a pasillos que cruzaban la parte delantera y trasera del edificio para acceder a las distintas oficinas. Puede que este lugar se construyera en los años cincuenta.

Caminando por el pasillo trasero, observé el estacionamiento. No destacaba nada caro. El letrero de la puerta de la suite 208 decía *Southern Enterprises*. No era un lugar discreto, sino casi invisible.

Había dos filas, con cuatro escritorios cada una, y un par de despachos detrás. Chadwick estaba en el que no tenía ventana y ofrecía una vista del espacio de oficinas embaldosado. Se levantó cuando me hicieron pasar. Su despacho tenía una alfombra, pero no era nueva ni de felpa. En una pared había varias fotos de Chadwick y sus compañeros de golf. En otras dos fotos aparecían Elby y los mismos hombres pescando en un gran barco.

Chadwick Salter era cuatro años menor que su hermano. De pelo rubio y ojos azules, Chadwick tenía la mandíbula cuadrada. Era delgado pero no flaco. Tenía una pequeña cicatriz sobre la ceja derecha.

"Mis condolencias por la pérdida de tu hermano".

Su voz profunda me sorprendió.

"Gracias. Ha dejado un vacío importante en mi corazón y en mi vida. No creo que pueda llenarlo nunca".

"Lo siento, debe ser duro. Supongo que estabas muy unido a tu hermano".

"Elby era mi hermano mayor. Tuvimos nuestros altibajos al crecer, pero era mi protector".

¿Protector? ¿De qué?

"¿Solo son ustedes dos?".

Exhaló. "Sí, solo Elby y yo".

"Sé que es un pequeño consuelo, pero voy a hacer todo lo posible para encontrar a quien lo mató".

Chadwick se acarició la barbilla en silencio.

"Ya que ustedes eran cercanos, tal vez tengas una idea de quién pudo haberlo hecho".

"La verdad es que no".

"¿En realidad no? Dime qué estás pensando".

"No, no es nada".

"Las pistas más pequeñas son útiles. ¿Qué querías compartir?".

"Probablemente no sea nada, pero Elby, le gustaban las mujeres y tuvo varias novias a lo largo de los años. Yo no lo aprobaba. Estaba casado, después de todo. Le dije todo el tiempo que era peligroso, especialmente con mujeres que estaban casadas. Además, están todas las enfermedades de transmisión sexual. No quieres traer eso a casa".

"¿Estás casado?".

"Sí, desde hace quince años".

"Ya hemos hablado con Cindy Baylor. ¿Hay alguien más con quien se estuviera viendo con quien debamos hablar?".

"¿Ya hablaron con Cindy?".

"Sí. ¿Por qué?".

"Bueno, ella estaba casada cuando Elby comenzó con ella. Puedo decirte que a su marido no le hacía gracia la aventura".

"¿Había algún indicio de que quisiera vengarse?".

"No sé nada personalmente, pero Elby había mencionado que estaba furioso".

Me pregunté cómo caracterizaría las acciones de un asesino.

"Echaremos un vistazo a eso. Elby y tú eran socios, ¿correcto?".

"Hasta cierto punto".

"¿Podrías explicarte mejor?".

"Hemos tenido la suerte de formar parte de una familia que ha hecho, y sigue haciendo, inversiones en el estado de Florida. El vehículo de inversión para la mayoría de las participaciones de la familia son los fideicomisos".

"¿Qué tipo de inversiones?".

"Son variadas pero orientadas a un bien mayor, ayudar a construir un estado con una infraestructura adecuada para apoyar negocios sostenibles y en crecimiento, y oportunidades de ocio para facilitar una población sana y feliz".

No se dedicaba a la política, pero debería. "Es un objetivo a gran escala".

"Papá siempre decía que hay que soñar a lo grande, fijar objetivos y luego pasar a la acción".

"Sólido consejo. Sé que la familia tiene concesionarios de autos en todo el estado, pero ¿qué otros negocios tienen?".

"Somos una familia privada, detective Luca, y estos son negocios privados".

"Intento entender si hay alguna conexión entre algún interés empresarial y la persona o personas que mataron a tu hermano".

"Y aprecio tus esfuerzos en ese sentido".

"¿Y qué hay de los negocios fuera del fideicomiso? ¿Tu hermano y tú eran socios en ellos?".

"No".

"De acuerdo. ¿Tenía otros socios?".

"La familia tenía una regla, y papá la cumplía. El noventa por ciento de nuestras inversiones eran en familia. Sin embargo, quería fomentar la creatividad y la asunción de riesgos permitiéndonos a cada uno de nosotros ir por nuestra cuenta o con socios de nuestra elección. Pero la regla era un máximo del diez por ciento".

¿Una regla? "¿Cómo se aplicaba esa regla?".

"Si quieres saberlo, está codificada en el fideicomiso".

Otro caso de alguien que controla las cosas desde la tumba. "Cuéntame algo sobre las aventuras en solitario de tu hermano. ¿Qué tipo de negocios tenía? ¿Tenía socios?".

"Elby no era tan disciplinado en sus propios negocios como tenía que serlo con las inversiones de la familia".

"Entonces, ¿cometió errores en los negocios?".

Asintió. "Era testarudo. Intenté advertirle, pero me dijo que tenía sus propias ideas y que invertiría en lo que quisiera y con quien quisiera".

"¿Eso molestó a su familia?".

"Por supuesto, no las inversiones, pero a veces sí la gente con la que se relacionaba".

"¿Serían el tipo de personas que llamaríamos mafiosos?".

Resopló. "No seas ridículo".

"¿Entonces a qué te referías?".

"Preferiría no decirlo. No importa cómo lo expresara, no sonaría bien".

"¿Sería por la crianza? ¿Gente de diferentes clases sociales?".

Asomó un atisbo de sonrisa. Tenía mi respuesta y no me sorprendió.

"Todo el mundo tiene que venir de alguna parte. Ahora, voy a necesitar saber cuáles eran los intereses comerciales de tu hermano y quiénes podían haber sido sus socios".

"Tendré que hablar con nuestros abogados sobre lo que hay que revelar".

"Me parece justo. Pero necesitaré acceso lo antes posible".

"Entiendo. En cuanto la familia consulte, recibirás una llamada. No debería pasar de mañana".

8

Sentí dolor en las entrañas y dejé la bolsa de la compra en la encimera.

"¿Dónde está?".

"Durmiendo la siesta.

"¿Tiene fiebre?".

Mary Ann puso la leche en la nevera. "Te lo dije hace dos horas, Frank, no".

"Lo sé, pero estas infecciones de oído pueden volver. Te conté todos los problemas que tuve con ellas mientras crecía".

"Ella va a estar bien".

"Espero que no haya heredado el gen defectuoso que me hizo contraer una infección tras otra. ¿Recuerdas que te dije que mi habla se estaba afectando y mi mamá me llevó a una misa de curación?".

"¿Cómo podría olvidarlo? Fue un milagro que te sanara ese cura".

"¿Crees que cosas así se transmiten?".

"No lo sé. Supongo que es posible, pero no podemos hacer nada".

"Tenemos que vigilarlo. Tomarle la temperatura a diario o algo".

Dejó la cabeza de coliflor que sostenía. "¿Qué pasa, Frank?".

"Nada. Estoy preocupado por Jessie, eso es todo".

"Tenía una infección de oído. Todos los bebés que han nacido las han tenido".

"Lo sé, pero esto de los genes me hizo pensar...".

"¿Sobre el cáncer? ¿Es eso lo que te preocupa?".

"Sí. ¿Recuerdas a Croce en Crímenes Financieros? Su mujer tenía cáncer de pulmón, también su madre, su abuela y su hermana".

"Creo que depende. Sé que tienen terapias genéticas para tratar ciertos cánceres, pero no todos se transmiten. Si lo fueran, se vería. No creo que tengamos que preocuparnos de que tenga cáncer de vejiga".

"Tal vez deberíamos preguntarle a la doctora. A ver qué dice".

"Claro. Hoy en día hay todo tipo de pruebas. Si ella cree que Jessica necesita hacerse pruebas, lo haremos".

"Es una buena idea".

"Tengo que cenar antes de que se despierte, pero nunca hablamos de su bautizo".

"Es que creo que no deberíamos esperar, eso es todo. Puede pasar cualquier cosa".

"Te estás convirtiendo en un preocupón. A Jessica no le va a pasar nada".

"Lo sé, pero...".

"Si te hace feliz, llamaré a Santa Inés por la mañana y veré qué horario tienen".

"Bien, no creo que haya problema. Hoy en día, bautizan a diez bebés a la vez".

"Espero que no sean demasiados cuando lo hagamos. No se siente tan especial cuando hay una multitud".

"Lo importante es bautizarla".

"Tenemos que tomar una decisión sobre los padrinos. Pero no lo haré ahora; tenemos que comer antes de que Jessica se levante".

Eso no fue un problema para mí. Quería orinar. El dolor que sentí al entrar se había mitigado considerablemente, y esperaba que aliviándome lo hiciera desaparecer. Tenía dos días más hasta mi visita al médico.

En lugar de ir a ver a Ron Weaver, que se había ido de viaje a Arizona, iba a ver al exmarido de Cindy Baylor. Fred Baylor era dueño de una agencia que se encargaba de ajustar los siniestros para las aseguradoras de automóviles. Estaba en un edificio junto a la Quinta avenida.

Fuera del edificio había un puñado de fumadores tomando su dosis de nicotina, todos ellos pegados a sus teléfonos. ¿Qué impulsaba a la sociedad a buscar respuestas instantáneas a preguntas sin sentido?

Había una docena de escritorios en la zona principal de oficinas, atendidos por trabajadores con auriculares. Era un lugar muy concurrido, que generaba dinero suficiente para pagar a un asesino a sueldo.

El letrero de la puerta de la oficina de Fred Baylor rezaba *Gerente ajustador de siniestros*. Era un despacho sencillo, con un escritorio de metal y obras de arte baratas, pero desde la ventana se veía bien. Estaba al teléfono, pero se quedó de pie cuando me hicieron pasar. Medía seis pies, era musculoso y llevaba un corte al rape: ¿habría estado en el Cuerpo de Marines?

"Lo siento, era uno de nuestros mejores clientes".

"No hay problema. Aquí hay mucho trabajo".

"No hay escasez de accidentes en esta ciudad. Entre los turistas que no saben a dónde van, los teléfonos móviles y un montón de conductores de ochenta años, nos mantenemos ocupados".

"Quería preguntarte por Elby Salter".

"Vi lo que le pasó en el periódico".

"Tu exesposa y él tenían una relación. ¿Qué sabes de eso?".

"¿Qué se supone que significa eso? Claro que no me hacía gracia, pero no salí a matarle".

"¿Alguna vez lo amenazaste?".

"No".

"Tenemos un testigo que dice que sí amenazaste a Elby Salter, diciéndole que se alejara de tu mujer, o se arrepentiría".

"Mira, ¿estás casado?".

"Eso no tiene nada que ver con este caso".

"Sí, bueno, tienes a un tipo rico que viene y te quita a tu mujer. ¿Qué se suponía que hiciera, quedarme ahí sentado? No sabía qué hacer. Me enfrenté a Cindy, pero no funcionó".

"Entonces, ¿intentaste ahuyentar a Salter con amenazas?".

Se encogió de hombros. "No sabía qué hacer. Sabía que Cindy tenía parte de culpa, pero este tipo, tenía dinero y lo estaba derrochando en ella. Ya sabes, compró el lugar de Mercato para ella".

"Sabemos de eso. Pero no es un crimen".

"Bueno, debería serlo. Usó mierda como esa para robarme a mi mujer. Es como ofrecerle un caramelo a un niño para que dé un paseo con un pedófilo".

No lo era, pero discutir el punto era como tratar de explicar Estados Unidos a un clérigo islámico radical.

"Si hiciste algo más para intimidar a Elby Salter, dímelo

ahora. Lo averiguaremos de todos modos, así que mejor dímelo ahora".

Me miró a los ojos y los sostuvo. "Solo quería recuperar a mi mujer, eso es todo. Hice algunas amenazas, pero nunca las cumplí ni nada. Ya sabes, Salter ha hecho esto antes. Hay muchos maridos furiosos con el bastardo".

Fred Baylor no estaba siendo completamente honesto. Necesitaba otra mirada, pero no se sentía como si fuera el asesino.

DERRICK ESTABA PEGADO A SU MONITOR. "¿Cómo te fue con el exmarido de la novia?".

"Está ocultando algo. Admitió intentar asustar a Salter, pero no creo que sea nuestro hombre".

"¿Por qué dices eso?".

"Solo un presentimiento en este momento. Vamos a tener que profundizar en él si no tenemos nada más".

"No lo tenemos. Estoy repasando el informe de los forenses sobre la escena del crimen".

"No me digas que no hay nada".

"Nada. Dos de los cabellos encontrados en el cuerpo de Salter no eran suyos, pero los pasaron por el sistema de ADN y no hubo coincidencias".

"Maldita sea. ¿Lo cotejaron con el banco nacional de datos?".

"Sí. Pero nunca se sabe, la velocidad a la que el ADN se añade al sistema...".

"Todo el país debería hacer lo que Florida empezó a hacer a principios de año".

"¿Te refieres a la nueva ley que entró en vigor?".

"Exactamente. Te detienen, te hacen un frotis de ADN y va al banco de datos".

"Nunca entendí en qué se diferenciaba de que te tomaran las huellas dactilares cuando te detenían".

"Algunas de estas tonterías sobre la privacidad son estúpidas. Cuando te detienen, te hacemos fotos, te tomamos las huellas dactilares y creamos un registro de todo. Hace años, se tomaban fotos para identificar a la gente. Cuando la metodología mejoró, se empezaron a tomar huellas dactilares. La recolección de ADN es una extensión natural".

"Hay un par de estados que lo hicieron antes que Florida. Apuesto a que en un par de años todos los estados lo estarán haciendo".

"Tal vez finalmente tengamos uno fácil de resolver, entonces".

"Estaría bien tener un sistema automatizado de ADN en casos sin resolver para cotejarlo con las nuevas muestras que lleguen".

"Para entonces ya estaré jubilado, si es que llega el momento".

"¿Cuánto tiempo crees que seguirás haciendo esto?".

"Solía decir que hasta que caiga muerto. Perseguir asesinos es lo que me mueve, pero tengo que decir que, siendo padre y todo eso, tengo que asegurarme de estar cerca para Jessie. Si un par de locos como Dwyer vienen tras de mí, me lo voy a replantear. Se lo debo a mi familia".

9

CHADWICK FUE FIEL A SU PALABRA. TENÍAMOS UNA CITA CON UN abogado que representaba a la familia. Desafortunadamente, era un abogado que representaba a muchos de los ultra ricos. No es que Peter Gerey fuera un mal tipo, era el hecho de que era bueno protegiendo a sus clientes. Para él, la privacidad era más sagrada que la vida misma.

Representó a los Boggs, una de las familias más ricas de Naples, en un caso en el que trabajé hace dos años. Nunca violó ningún protocolo pero nunca ofreció nada. Protegía tan bien a los Boggs que me lo imaginaba como una versión jurídica de Superman: pecho fuera, manos en la cadera, clientes detrás de un muro impenetrable. Sería un buen tutor para Jessica.

White, Gerey y Blackburn ocupaban un edificio de estuco blanco de dos plantas al norte del Golden Gate. Escondido en la esquina de un pequeño estacionamiento que daba servicio a otros dos edificios, hacía falta un microscopio para ver su letrero. Un par de Mercedes último modelo enmarcaban la única puerta de sus oficinas.

Derrick dijo: "Tenías razón, este lugar es casi invisible. La mayoría de los abogados de alto nivel con los que me he cruzado tienen despachos lujosos".

"Así es. La mayoría de los clientes de Gerey quieren pasar desapercibidos".

Pulsé el botón de llamada y nos abrieron.

Cuando entramos, Gerey estaba sentado en un rincón, firmando documentos en una mesa redonda. Firmó un par más antes de levantarse a saludarnos, apartando a una secretaria que se había acercado a nosotros. Había envejecido notablemente en los dos últimos años. ¿Se había puesto enfermo o era la presión de proteger a sus clientes lo que le pasaba factura? Nos dimos la mano.

"Me alegro de verle, detective Luca".

"Lo mismo digo, abogado. Este es mi compañero, el detective Derrick Dickson".

"Encantado de conocerle".

"Igualmente".

"He oído que se había casado con su antigua compañera y que ahora tienen un hijo. ¿Es eso cierto?".

"Sí. ¿Ha estado investigando mi vida personal, abogado?".

"No. Simplemente surgió cuando estábamos recopilando los datos que nos pidió. ¿Cómo está disfrutando de la paternidad?".

"Ha sido genial".

"Excelente. Pasemos a mi despacho".

El despacho de Gerey era de una madera oscura que parecía nogal. Unas pesadas cortinas ocultaban la mayor parte de la luz. Gerey se sentó detrás de un enorme escritorio y Derrick y yo nos sentamos en sillones de cuero.

"¿Quieren tomar algo, caballeros?".

Nos negamos.

"Comprendo su interés por los negocios del difunto Elby Salter. Son negocios privados, y sus actividades no están relacionadas con la muerte del señor Salter".

"Eso no lo sabemos. Estamos llevando a cabo una investigación sobre su asesinato, y sus intereses empresariales pueden o no tener algo que ver con ello".

"Las participaciones son amplias, y en la remota posibilidad de que haya una conexión, se referiría puramente a una entidad. No podemos permitir que una miríada de actividades se vean perturbadas o reputaciones empañadas por su investigación".

Derrick dijo: "Señor Gerey, tiene nuestro compromiso de que seremos discretos al comprobar la posibilidad de que el asesinato del señor Salter estuviera relacionado con los negocios".

"Aunque su garantía personal es bienvenida y apreciada, he aconsejado a la familia un enfoque razonable. Estamos firmes en nuestra creencia de que la ruta sensata es una limitada. Daremos a conocer la información gradualmente. Eso garantizará que la privacidad de la familia se vea comprometida de forma controlada".

Le dije: "Abogado, estamos investigando un homicidio, la muerte de un miembro de la familia Salter. No vamos a ir a lo loco, pero no nos quedaremos de brazos cruzados cuando creamos que hay una pista que seguir".

"Detective Luca, tenga por seguro que el principal interés de la familia es su seguridad. Quieren que el autor de este crimen atroz sea llevado ante la justicia y cooperarán, de forma controlada y razonable, para conseguirlo".

"Eso está bien, abogado, pero no podemos aceptar que nos den información a cucharadas. Dificultaría nuestra investigación".

"Estoy dispuesto a ayudarles, pero deben entender que tengo las manos atadas".

Derrick puso una mano en mi brazo. Sabía que estaba a punto de decirle que ignoraría sus evasivas. Derrick dijo: "Entendemos sus preocupaciones, señor Gerey. Libere la información con la que se sienta cómodo y seguiremos nuestro camino".

La cara de Gerey se relajó, y luego se tensó rápidamente. Estaba acostumbrado a ganar, pero no tan rápido. Hizo una pausa antes de abrir un cajón y sacar una carpeta.

"He preparado una lista de participaciones, limitada a entidades que no tengan familiares como socios". Deslizó la carpeta por el escritorio. "En aras de la cooperación, me tomé la libertad de incluir también un par de empresas que fracasaron".

Después de todo, la familia Salter no tenía el toque de Midas. Abrí la carpeta. Solo contenía una hoja de papel. Había diez empresas. ¿Gerey consideraba que era una lista limitada? ¿Cuántas empresas había?

Mis ojos se desviaron hacia las tres últimas. Llevaban una anotación que decía *que habían cesado sus actividades*. La última, Power Supplements Ltd., había cerrado hacía apenas un mes. Un nombre que me resultaba vagamente familiar figuraba como socio. Parecía que teníamos algo con lo que trabajar.

Subimos al Cherokee y le dije: "Te has manejado como un profesional. Estos abogados pueden ser muy petulantes".

Derrick se detuvo en la Ruta 41. "Me imaginé que lo que nos diera sería un punto de partida".

"Tienes razón. Gerey va a proteger a sus clientes, pero no creo que ocultara nada relacionado con un homicidio, a menos que la familia tuviera algo que ver".

"No puedo imaginar eso".

"A estas alturas yo tampoco puedo, pero no necesito recordarte que cuando los leones tienen que hacerlo, se comen a sus propios cachorros".

"Creía que eso era un mito".

"No. Cuando la comida escasea, un león se come a sus cachorros para sobrevivir. Los humanos no lo hacen por comida, salvo raras ocasiones; lo hacen para protegerse, para mantener algún secreto. Pero basta de hablar de eso. Hay una empresa aquí que cerró hace un mes. El socio es Robert Freidman. Me suena, pero no lo ubico".

"¿No es el tipo que hacía esos infomerciales?".

"Mierda, tienes razón. Hubo un montón de denuncias de que no enviaban los mismos productos que anunciaban, ¿no?".

"No lo recuerdo exactamente, pero me pareció un pica-pleitos".

"Tal vez Gerey no nos estaba dando un mal rato después de todo. Tenía que haber una razón por la que puso empresas que están cerradas en la lista. Puede estar tratando de enviar una señal".

10

Friedman era socio del Quail Creek Country Club y quería reunirse allí. Me sorprendió lo activa que estaba la sede del club. Había dos valet para los autos y una larga fila de carritos de golf lindando la entrada.

El restaurante de la casa club parecía lleno. Se me hizo la boca agua con el aroma de la carne asada. La recepcionista me señaló a Robert Friedman, sentado junto a una ventana, con un suéter blanco, leyendo un periódico. Pasé por delante de una hilera de trinchadores y golpeé su mesa con los nudillos. Nos dimos la mano y me senté.

Robert Friedman era uno de esos hombres que se habían operado la cara, intentando conservar un aspecto juvenil. No voy a juzgarlo, pero lo desconcertante era que tomaba el sol lo suficiente como para tener un bronceado intenso. Otra contradicción eran su pelo y su bigote. Eran cuatro tonos demasiado oscuros para sus sesenta y siete años en el planeta. ¿No se daba cuenta él, y muchos otros hombres, de que su aspecto no era natural y dejaba al descubierto su edad?

Era pronto para mí, pero esperaba tener el sentido común de envejecer con tanta elegancia como me permitiera mi ego.

Seguro que, a medida que se acumularan los años, se produciría un tira y afloja. Yo ya había llegado tarde a la paternidad, y no quería que Jessie se preocupara de que su padre fuera mayor que los padres de los otros niños.

"Es un lugar muy concurrido".

"¿Es tu primera vez aquí?".

"Sí".

"Es un club muy activo. La mayoría de los miembros ni siquiera viven aquí. El personal es maravilloso. El golf es genial, y siempre hablan del programa de tenis. Acaban de contratar al profesional de Pelican Marsh, según he oído".

"¿Desde cuándo eres socio?".

"Al menos diez años. Antes pertenecía al Imperial, pero era demasiado intelectual para mí, ya me entiendes".

Una mesera se acercó y Friedman pidió un gin-tonic. Yo pedí una Coca-Cola light.

"El Imperial Club, ¿es allí donde conociste a Elby Salter?".

"No sabía que Elby era miembro allí".

Yo tampoco. "¿Dónde lo conociste?".

"Nos conocimos a través de John Heights, un amigo mío que era amigo de Ron Weaver. Como probablemente sepas, Ronnie y Elby son, eran, buenos amigos".

"¿John Heights? No creo que me suene el nombre".

"Dirige programas de fuerza para un par de equipos de las grandes ligas, y sé que también estuvo involucrado con los Cowboys en algún momento".

"¿Creó alguna de esas cosas para perder peso y aumentar la masa muscular que vendían en la tele?".

Quitó el periódico de la mesa y lo puso sobre una silla. "Teníamos muchos productos que fueron bien recibidos".

La mesera nos trajo las bebidas. "Aquí tiene, señor Friedman. ¿Están listos para ordenar?".

Friedman dijo: "Yo pediré la ensalada de atún. Dile a Andre que no le ponga mucho aderezo".

"Absolutamente. ¿Y usted, señor?".

"Una hamburguesa, término medio".

"¿Papas fritas o fruta?".

"Tomaré las papas fritas, pero no le digas a mi esposa".

"No se preocupe, señor. Espero que no le importe, pero se parece a George Clooney".

"Ya he oído eso antes. Gracias".

La mesera se fue y Friedman dijo, "Tiene razón la chica. Te pareces a él".

"Estaría bien tener su dinero. Ahora, háblame de Power Supplements Ltd. Tú y Elby Salter eran socios. ¿Cómo llegaron a hacer negocios juntos?".

"El negocio de los suplementos nutricionales es una industria enorme. El año pasado se vendieron más de ciento treinta mil millones de dólares, y crece casi un diez por ciento al año. A Elby le gustó el tamaño y el crecimiento del mercado. Además, el hecho de que en gran medida no esté regulado le resultó atractivo".

"¿Qué era Power Supplements?".

"Bueno, teníamos la visión de una empresa integrada. Nos centraríamos en coger la nueva ola y ajustar un producto, sacándolo al mercado antes que los principales competidores".

"Me estás perdiendo".

"Tomemos algo como los suplementos de calcio. La mayoría no se diferencian más que por el tamaño de la dosis. Lo que nosotros hacíamos era añadir un beneficio emergente. Algo como un extracto de hongo que tiene beneficios neurológicos".

Eso me sonó como un multivitamínico. "Así, alguien tomaría una pastilla y obtendría dos beneficios".

"Exactamente. Hay un límite a la cantidad de pastillas que la gente quiere tomar. Pero la clave fue utilizar prácticas medicinales en evolución, introduciendo compuestos terapéuticos de vanguardia antes de que se convirtieran en la corriente dominante".

"Oh, había gente investigando nuevos compuestos...".

"No. Ya se ha investigado mucho. No hay razón para duplicar esos esfuerzos. Queríamos ser la empresa que los llevara primero a la gente. Se trataba de acelerar la comercialización".

"Entiendo. ¿Qué pasó?".

"Bueno, tuvimos un buen comienzo. Pillamos a los grandes sentados en sus traseros. Se despertaron y se lanzaron. Entraron más rápido de lo que preveía nuestro plan de negocio. Sabíamos que acabarían entrando, pero creíamos que tendríamos nuestras propias instalaciones de producción operativas en ese momento".

"¿Subcontrataron la producción?".

"Teníamos ventaja. No podíamos esperar a construir instalaciones; llevaría demasiado tiempo. Perderíamos nuestra ventaja. Habíamos conseguido suficiente capacidad de producción para dos años antes de que se construyera nuestra planta. Nos costaba más, y perdíamos dinero por ello, pero Elby sabía que hasta que no tuviéramos nuestras propias fábricas operaríamos en números rojos".

"¿Qué pasó?".

"Tenía dos propiedades en Collier: una en Harker frente a la Veintinueve, otra en Sunniland y una parcela de reserva en el condado de Lee, justo después de Lehigh Acres, reservada para instalaciones fabriles. Presentamos los planos y nos los echaron para atrás ocho o nueve veces. Perdimos un año dando vueltas con ingenieros y arquitectos para conseguir la aprobación. Fue muy frustrante. Collier lo rechazó, a pesar de que íbamos a crear doscientos puestos de trabajo muy bien pagados. Alegaron que les preocupaban los vertidos químicos. Decidimos construir en Lee y empezamos de nuevo el proceso".

"¿Cuánto tardaron?".

"De dieciocho a veinte meses".

"¿Y perdían dinero todos los meses?".

Asintió. "Ciento cincuenta de los grandes al mes, más todo el dinero que estábamos gastando en consultores, ingenieros y malditos abogados". Pero a Elby no pareció importarle al principio. Tiene los bolsillos llenos, como sabes. Además, teníamos un plan de negocios. Lo elaboramos juntos. Mostraba que perderíamos de tres a cuatro millones antes de construir el nuestro. En realidad íbamos adelantados, no mucho, pero adelantados".

"¿El señor Salter lo canceló?".

Asintió. "Pasó de caliente a frío, como un maldito grifo. No quería razonar conmigo; no se podía hablar con él. Mira, yo no puse lo que él, pero tenía medio millón invertido".

"¿Perdió interés? ¿O sintió que el plan que habían trazado no iba a funcionar?".

"Hubiera funcionado. Se lo enseñé a un montón de gente, inversores y demás. Estoy hablando con un par de personas interesadas en seguir adelante. Pero no aquí".

"¿En Florida?".

"No, el estado está bien, solo que no el suroeste de Florida. Uno de mis colegas está interesado. Tiene influencia en Alabama y cree que incluso obtendríamos créditos fiscales para ayudarnos a construir allí. Garantiza que no habría problemas para conseguir permisos".

"¿Qué hizo cambiar de opinión al señor Salter?".

"Ojalá lo supiera. Como he dicho, estábamos en el plan, y en un instante él estaba fuera".

"Eso debe haber sido molesto".

"Claro que lo fue. El maldito, lo siento, fue confuso. Íbamos por buen camino, y yo creía en ello. ¿Sabes?".

Lo que sabía era que teníamos que investigar qué hizo que Elby cambiara de opinión. ¿Fue algo que aprendió sobre Friedman? ¿O algo más? ¿O simplemente el aburrimiento de un tipo rico?

Terminé mi hamburguesa, lo que puede haber sido la razón de que el restaurante estuviera tan lleno, y me fui. De camino a mi auto, recibí un mensaje de Derrick: *Llámame cuando puedas. Tenemos algo.*

11

Pensando en lo que Derrick me había dicho, filtré una línea de ideas. En cuanto entré en la oficina, le dije: "Lo primero que tenemos que hacer es comprobar cualquier señal de video que haya".

"Lo he comprobado con la sucursal de Chase. Es un cajero automático exterior. Le pedí a Sánchez que bajara y grabara el video".

"La retirada de tres mil dólares no tiene sentido. Nunca oí hablar de un límite tan alto. Yo estoy limitado a, me parece, ochocientos al día en retiros".

"El mío está limitado a mil".

"Llama al banco, pregúntale al director. Podría haber algo en esto".

"¿Crees que fue un robo? ¿Lo obligaron a retirar el dinero en un cajero automático y luego lo mataron? ¿Algo así como un robo de coche que salió mal? ¿O un adicto que entró en pánico?".

"No lo creo. Esto no fue pánico; esto fue planeado. Le ataron las manos, le dispararon en la nuca y se deshicieron de él".

"Tienes razón, un drogadicto podría matar por tres mil dólares, pero no lo haría así".

"Si no fue una abstinencia forzada, ¿para qué necesitaba tres mil? Es mucho dinero, incluso para alguien con sus medios".

"Todo el mundo usa tarjetas de crédito, PayPal o cheques. El efectivo se está extinguiendo".

"Excepto cuando quieres esconder o ahorrarte el impuesto de algo. Pero el impuesto sobre las ventas de tres mil dólares son ciento ochenta dólares. No creo que necesite ahorrarse eso".

"Te sorprenderías, Frank. Algunas de las personas más ricas son las más tacañas".

"Así es como se hicieron ricos en primer lugar".

"No gastes más de lo que ganas. Funciona para todos".

Nadie iba a derribar a Derrick de la cima del escalafón de los guardianes.

"Amén. Vamos a analizar esto. ¿Por qué necesitaría tanto dinero? La respuesta obvia es para comprar drogas".

"¿Crees que se drogaba?".

"El hecho es que nunca se me ocurrió preguntarle a nadie con quien hablamos. Tenemos que investigarlo".

"Hablaré con su mujer, su novia y su hermano".

"Gracias. Ahora, la autopsia no evidenció la presencia de drogas ilícitas en el sistema de Elby. Si las consumía, no fue antes de ser asesinado. Tal vez estaba haciendo una compra o proveyendo el efectivo a una novia para comprar".

"Tal vez estaba comprando una joya para una mujer y no quería dejar rastro".

"Annabelle no me parece el tipo de mujer que estudiaría minuciosamente las facturas de las tarjetas de crédito. Probablemente tienen una oficina familiar que maneja todas sus facturas. ¿Por qué no dejamos que esto se filtre y seguimos con el banco y el uso de drogas?".

"Suena bien".

"Tal vez más tarde hoy o mañana me gustaría hablar contigo de algo, algo personal".

"Claro, Frank. Cuando quieras".

"No es nada malo; todo está bien. Pongámonos a trabajar".

El retiro se hizo a las 5:43 p.m. en la sucursal de Chase en Estero, junto a Corkscrew Road. Suponiendo que alguien no le hubiera obligado a ir a un cajero automático, me pregunté si Elby Salter se dirigía al norte para su reunión en Fort Myers, o si algo más le había llevado a la esquina de Tamiami Trail y Corkscrew Road.

Derrick introdujo la memoria USB del banco. Quería ver si había algo sospechoso antes de la extracción y le dije que avanzara hasta el minuto 5:20.

Le dio al *play*. "Allá vamos".

Para ser un cajero automático, las imágenes eran claras. Vimos cómo nueve autos entraban en el carril del cajero y completaban las transacciones. Por costumbre, anoté las matrículas a medida que se acercaban las 5:43.

Apareció un Ford Explorer blanco que coincidía con el registrado a nombre de Elby Salter.

"Congélalo y revisa la matrícula".

Derrick paró la cinta y verificó los números. "Es el de él".

"Parece que hay alguien en el asiento del pasajero".

El todoterreno esperaba detrás de un Porsche 911. En cuanto el deportivo terminó su transacción, el auto de Elby Salter se detuvo junto al cajero. Elby estaba al volante. Pivotó hacia el cajero. Introdujo su tarjeta. No le conocía, pero sus rasgos faciales no parecían estresados.

Pulsó el teclado un par de veces y miró a ambos lados. Unos segundos después, sacó la tarjeta y luego el dinero. No pidió recibo, lo que me pareció extraño. Pero antes de marcharse alargó la mano y pasó los dedos por el teclado.

"Páusalo. Justo ahí, se está untando las teclas con las yemas de los dedos por si alguien está leyendo los movimientos de sus dedos o quiere rastrear sus aceites dactilares".

"No es un robo".

"Así es".

"Así que, quien lo mató obtuvo un bono que probablemente no esperaba".

"Si fue un asesinato contratado, le dijeron que se llevara el dinero y la identificación para que pareciera un robo. Pero con tres mil, estoy seguro de que mantendría esa parte en silencio. Dale al play".

Mientras el Explorer se alejaba, dije: "Parece que hay alguien en el asiento del copiloto".

"No lo sé. Si es así, no parece que sea un hombre. Quizá un niño o una mujer".

"Los reposacabezas son demasiado grandes hoy en día. Ponlo otra vez, en cámara lenta".

Lo vimos dos veces más pero no pudimos captar nada más. Lo que aprendimos fue que no era una retirada forzada, un tiempo y lugar donde estaba Elby, y un poco sobre él. Era cauteloso, al menos con el dinero. Elby había mirado a su alrededor mientras se desarrollaba la transacción, y trató de evitar que alguien leyera su número de pin.

12

_____

"BUENOS DÍAS, FRANK. HABLÉ CON EL GERENTE DE CHASE. Dijo que Salter tenía un límite de cinco mil dólares por día".

Levanté el café que Derrick siempre me traía. "¿Cinco mil? Eso es mucho dinero". Tomé un sorbo y estaba perfecto.

"Lo sé".

"Bueno, no alcanzó el límite. Tendré que pensar en lo que eso pueda significar".

"Annabelle Salter me llamó esta mañana".

Miré mi reloj. Eran apenas las ocho y cuarenta y cinco. "¿Ya?".

"Sí, llamó a las ocho y media en punto".

"Has estado ocupado esta mañana".

"Decía no saber si Elby se drogaba".

"Eso significa que no para mí. La mujer de un hombre sabría si se drogaba, igual que ella sabía que la engañaba".

"A menos que lo hiciera solo con su novia".

"Posibilidad remota. Sé que hay mucha gente que afirma ser consumidor recreativo, pero su definición de recreativo es mucho más amplia que la mía".

"Tal vez el dinero era para una compra para su novia".

"Podría ser. ¿Annabelle llamó a las ocho y media?".

"Sí, eso es lo que dije".

"¿Por qué? Eso es temprano para cualquiera. Parece un intento de probar que está cooperando".

"Podría ser genuino, Frank. *Era* su marido".

"Necesitamos saber sobre cualquier seguro de vida del que pueda ser beneficiaria y cómo era cualquier acuerdo prenupcial. ¿Había un beneficio financiero por haber matado a su marido?".

"¿Crees que fue ella?".

"No estoy haciendo juicios; estoy explorando posibilidades".

"¿A quién vamos a preguntarle al respecto? ¿A su abogado?".

"No, empecemos con Chadwick. Puede que nos dé algo, pero antes quiero hablar contigo".

"Claro, ¿qué pasa?".

Cerré la puerta de nuestro despacho.

"Mary Ann y yo lo hablamos anoche, y nos gustaría preguntarte si quisieras ser el padrino de Jessica".

"¿Qué? Dios mío. Por supuesto. Sería un honor".

Se levantó y me rodeó con los brazos.

"Genial". Me solté. "Aún no hemos decidido quién será la madrina, pero pensamos celebrar el bautizo en Santa Inés dentro de tres semanas".

"Oh. ¿Qué tengo que hacer?".

"Hay unos papeles de la iglesia. Los traeré mañana. Solo quería asegurarme de que estabas de acuerdo".

"Estoy más que de acuerdo". Me apretó el hombro. "Es un privilegio. Quiero a Jessica y seré el mejor padrino que pueda, Frank".

"Sé que lo harás, por eso quería que fueras tú. Ella va a necesitar el apoyo de buenas personas como tú durante su vida. Los padres no pueden hacerlo todo".

"Gira aquí; ese es el edificio".

"¿Aquí es donde Chadwick Salter tiene su oficina?".

"Como dije antes, los ricos se hacen ricos así, controlando lo que sale por la puerta".

Derrick se detuvo en un espacio. "Pero son mucho más que ricos. Podrían quemar billetes de cien dólares cuando necesitan calefacción en enero".

"Son una familia de legado. Nadie nacido en esa familia tiene que trabajar, pero parece que se les exige hacer algo, no quedarse de brazos cruzados. Me gustó la forma en que Warren Buffet lo dijo, algo así como dar a sus hijos suficiente dinero, para que pudieran hacer cualquier cosa, pero no lo suficiente para no hacer nada".

"Esa es una gran manera de decirlo".

Caminando por la parte trasera del edificio, dije: "No estamos en la liga de estos tipos, pero no vamos a malcriar a Jessie. Si ella quiere algo, no va a ser un automático. Recuerdo que quería una minimoto como las que tenían todos los demás niños, pero aunque mi padre podía habérmela comprado dijo que no. Si quería una, tenía que trabajar por ella. ¿Y sabes qué? A la semana siguiente ya estaba repartiendo periódicos".

"Tu padre tenía algo de sabiduría".

"Mira, si nos pasa algo a Mary Ann y a mí, no vayas a mimar a Jessica, aunque te dé pena".

"¿De qué estás hablando, Frank? No vas a ir a ninguna parte".

"Esperemos que así sea".

"¿No hay ascensor?".

"No".

La oficina estaba más concurrida que en mi última visita. Chadwick estaba en la puerta de su despacho hablando con un hombre mayor. Sus hombros se hundieron cuando nos vio. Le esperamos mientras el olor a café llenaba el despacho. Me vendría bien una taza, y si llegaba la oferta, iba a tomarme una.

El hombre canoso se dirigió hacia nosotros y Chadwick se retiró a su despacho. Estábamos a punto de ser retirados con un conflicto fabricado. Despojado de sus gafas, este hombre parecía acostumbrado a ahuyentar a los solicitantes.

"El señor Salter está muy ocupado, caballeros, pero tiene un par de minutos libres. Así que, por favor, sean breves".

Derrick dijo: "Por supuesto".

"Bien. Vayan atrás, está esperando".

Chadwick se levantó y nos saludó. Su voz de Barry White todavía me sorprendía. Cualquiera que hablara con él por teléfono nunca se lo imaginaría en persona.

Derrick dijo: "Gracias por hacernos un hueco. Tenemos un par de preguntas rápidas".

"Cualquier cosa que pueda hacer para ayudar".

No hubo oferta de café. Le pregunté: "¿Tu hermano se drogaba?".

"No. No lo creo".

"¿Alguna vez consumió drogas de adolescente?".

"Fumó un poco de marihuana hace tiempo, pero ¿quién no lo hizo? A Elby le gustaba el vodka de pequeño, normalmente con arándanos. Todavía lo bebe, aunque ahora con jugo de arándano dietético".

Su sonrisa se desvaneció cuando le pregunté: "Supongo que tu hermano tenía un seguro de vida importante. ¿Quién era el beneficiario?".

"Eso es un asunto privado".

"Es un posible motivo. ¿Quién se beneficiaría de su muerte?".

"Ignoro si Elby tenía pólizas adicionales, pero el protocolo familiar exige que el producto de los seguros sobre la vida de quienes vinieron al mundo como Salter beneficie al fideicomiso de la familia Salter".

Me di cuenta de que Chadwick no había mirado el reloj ni una sola vez.

Derrick dijo: "Entendido. Pero en cuanto a la distinción entre los nacidos como Salter y los que se casan con la familia, ¿significa eso que alguien como Annabelle no sería beneficiaria del fideicomiso?".

"Caballeros, de nuevo estamos ahondando en áreas que prácticamente cualquiera estaría de acuerdo en que son privadas. Todo lo que estoy dispuesto a decir, en este momento, es que se hacen amplias provisiones para un cónyuge en caso de muerte o divorcio".

"¿Tu hermano y su esposa tenían un acuerdo prenupcial?".

"Sí".

Me acordé de un caso anterior de una familia adinerada que había recurrido al mismo abogado y le dije: "Supongo que el fideicomiso exige uno para poder obtener beneficios. ¿Es correcto?".

"Sí".

Sentí curiosidad por los hijos que tuvieron las mujeres Salter. Si llevaban el apellido del padre, no vendrían al mundo como Salter. Quería preguntar, pero sabía que ya lo tenían claro. En lugar de eso, pregunté: "Entiendo el aspecto de la privacidad y lo respeto, pero ¿podrían al menos darnos una indicación de lo que recibiría un cónyuge en caso de divorcio o muerte de un Salter?".

"Digamos que algo para complementar una existencia de clase media. Tendrían que valerse por sí mismos, pero habría cierta red de seguridad".

"¿Independientemente de un matrimonio largo y feliz?".

"El matrimonio de Elby no fue ni largo ni feliz".

Derrick dijo: "¿Qué tan bien conocía a Cindy Baylor?".

"Conozco a la señora Baylor".

"¿Lo suficiente como para saber si consumía drogas?".

"Parece haber una preocupación por el uso de drogas. ¿Hay algo que debería saber?".

"Nosotros hacemos las preguntas aquí, señor Salter. ¿Tiene conocimiento de que la señora Baylor consumiera drogas?".

"No. Caballeros, desearía tener más tiempo para ustedes, pero debo irme. Tengo una cita en veinte minutos y no puedo llegar tarde".

Salimos del despacho y, caminando por el pasillo exterior hacia las escaleras, Derrick dijo: "Lo siento, no debería haber hecho ese comentario sobre quién hace las preguntas".

"No importa. Tenemos mucha información".

"Supongo que la esposa se libra si no va a recibir un gran pago".

Bajando las escaleras, dije: "Hay algo en Chadwick que no me gusta. Aún no puedo precisarlo. Me gustaría esperar en el estacionamiento y ver si realmente tiene una cita".

"¿Quieres esperar?".

"No, ¿qué probaría? Hemos venido sin avisar. Puede que no tenga cita, pero seguro que tiene cosas que hacer, como nosotros".

13

Unas enormes puertas de hierro se abrieron y entré en Talis Park. Era la urbanización más exclusiva que se podía encontrar. Había oído que era aún más exclusiva antes de que el promotor se arruinara y tuvieran que construir un montón de edificios de poca altura y viviendas unifamiliares para que le salieran las cuentas.

Esperé a que terminara la entrada adoquinada, pero desembocaba en una calle principal también de adoquines. Al pasar junto a un gran lago, apareció un puente del que la Toscana estaría orgullosa. Atravesé el puente y entré en un espacio verde circular con un obelisco similar a un monumento a Washington.

La señal del estacionamiento con valet estaba justo delante. Di la vuelta en busca de un hueco y me metí en uno, aunque decía "solo carritos de golf". No soportaría dar propina a un chico cuando había una plaza de estacionamiento a unos pasos. Un dólar o dos está bien, pero hoy en día esperaban cinco, como mínimo. Yo era policía, no banquero de inversiones.

Un elegante vestíbulo daba a un discreto patio que conducía a los comedores, pequeños para los estándares de Naples, pero bien hechos. No había ningún asiento en el bar. Recorrí la sala y una mujer se me acercó para indicarme dónde estaba la persona que me esperaba en el patio exterior.

Le reconocí por las fotos que había visto y le saludé con la mano. Ronald Weaver se levantó de su asiento y se movió como el atleta que fue. Tenía cincuenta y dos años, pero conservaba una figura juvenil. Con sus seis pies y pico, Weaver tenía el pelo castaño ralo, pero era delgado, y su camiseta de golf le abrazaba los bíceps, haciéndole parecer que tenía cuarenta y tantos.

Su mano envolvió la mía. Me gustaba que un hombre me mirara a los ojos cuando nos dábamos la mano.

"Oye, siento mucho haber estado en Phoenix. No habría ido si hubiera sabido lo que pasaba con Elby".

"Lo comprendo. No hay problema".

"Quieres algo de beber. ¿Qué tal una cerveza?".

Anhelaba la hamburguesa a medio comer en su plato. "Una Coca-Cola light, por favor".

"De acuerdo".

Observé el paisaje. Había una diferencia en el color de los *greens* y las callejuelas. Parecía cuidado con tijeras. A la derecha, casas tan grandes como la casa club se alineaban en una calle cerrada. Beverly Hills estaría celosa.

"Podría acostumbrarme a esta vista. Es la primera vez que vengo aquí".

"Soy uno de los colonos originales de aquí. Si alguna vez quieres jugar una ronda de golf, házmelo saber".

"Suena bien, pero yo no juego".

"Es mejor así. El juego puede ser tremendamente frustrante".

"¿Cómo aterrizaste aquí?".

"Siempre atrajo a los atletas. Uno de los primeros fue Rocco Mediate, golfista profesional, y un par de jugadores de los Sox compraron casas aquí".

"Tengo entendido que Elby Salter era un gran fan de los Red Sox".

"Oh, sí. Gran admirador. Fuimos al partido el día que desapareció".

"¿Estuviste con él todo el tiempo?".

Una mesera sirvió mi Coca-Cola de la lata en un vaso.

"No todo el tiempo. Los dos conocíamos a un montón de gente, y ya sabes, te mueves durante el partido, charlando con éste o con aquél".

"¿Fueron juntos al partido?".

"No. Elby me encontro allí. Todavía trabajo para el equipo, realmente de cazatalentos, por eso estaba en Phoenix, para los Sox".

"Escuché que eras el gerente general".

"No, mi título es asistente del gerente general, pero el equipo tiene otros dos. Me dedico al reclutamiento, evalúo a los jugadores. Hago recomendaciones sobre a quién fichar. Es mucho más complicado que antes. No se trata solo de la capacidad del jugador. Ahora tenemos que sopesar lo que les pagan".

"Por curiosidad, ¿participaste en la decisión sobre Peters?".

Weaver puso los ojos en blanco. "Sí, y cualquiera diría que envié al recién nacido de alguien a otro país. No te puedes creer el correo de odio que recibimos. Sigue llegando. Necesité seguridad para llegar a mi auto durante dos semanas.

"¿Por un jugador? Algunas personas llevan esto de los deportes demasiado lejos".

"Fue una decisión fácil de tomar. El tipo estaba sobrepagado; quería más de veinte millones al año. Tenemos a este chico, Sánchez, en triple A; es algo más. Creo que estará listo para las grandes ligas en la pausa del Juego de Estrellas".

"Suena prometedor. ¿Cuándo llegaste al estadio ese día?".

"Estuve en el estadio alrededor de las once de la mañana".

"¿Se fueron juntos?".

"No, tuve que salir temprano. No sé si era como la sexta entrada o algo así, tenía que ir a ver a un chico que juega en los Twins".

"¿A qué hora fue eso?".

"Probablemente sobre las dos y media o las tres".

"¿Almorzaron juntos?".

"No, solo tomamos una cerveza y nueces".

"¿Elby bebió una cerveza?".

"No toda. Mira, no te lo tomes a mal. Yo quería a Elby. Éramos grandes amigos, pero él era diferente".

"¿Qué quieres decir?".

"Él quería encajar aquí. Por eso hizo el trato de trasladar el equipo".

"¿Para encajar?".

"Mira, yo sabía que no le gustaba la cerveza. Se tomaba medio vaso cada vez, pero en vez de decir que no, quería ser como el resto de los chicos. Incluso maldecía de vez en cuando. Mira, eso no lo hace un mal tipo. Me daría la camisa si se lo pidiera, y le encantaba el juego. Para ser un chico que jugaba lacrosse o lo que fuera, conocía los entresijos del béisbol".

"¿Tienes alguna idea de quién pudo haber hecho esto? ¿Tenía Elby algún enemigo que tú sepas?".

Weaver hizo líneas en la condensación que se formaba en su vaso. "La respuesta corta es no. Pero tengo ideas locas sobre quién podría haberlo hecho. Sí, las tengo".

"Nada es una locura. Dime lo que estás pensando".

"Bueno, para empezar, Cindy Baylor es una cazafortunas. Sé que eso no la convierte en asesina, pero estaba en ello por el dinero".

"Pero pensé que era una relación simbiótica. Elby conseguía lo que quería, tal vez sexo, compañía, y ella algo de dinero".

"Él se quejaba de ella, siempre estaba buscando dinero para esto o aquello. Podía permitirse cualquier cosa, pero no le gustaba, eso es todo. Probablemente no es más que lo que pasa todos los días por aquí y en un millón de sitios". Extendió el brazo.

Por mucho que me hubiera gustado oír cotilleos, le dije: "¿Y su exmarido?".

"Ah, sí, casi me olvido de él. Se lanzó contra Elby cuando éste empezó a involucrarse con su mujer. Elby se lo tomó en serio, e incluso calmó un poco las cosas con ella".

"¿Fue contra él? ¿Qué hizo?".

"El tipo siguió a Elby en su auto. Intentaba intimidarle. Incluso vino al estadio un día".

"¿Estaba acosando a Salter?".

"Supongo que así es como lo llamarías".

"¿Qué pasó con él?".

"No lo sé exactamente. Tal vez finalmente se dio cuenta de que su esposa era una zorra".

"Tal vez".

"Hablando de acoso, Elby salía con una mujer francesa, Marie o algo así".

"¿Redoux?".

"Sí, ella. Entonces, ¿sabes de ella?".

Asentí. "Dime lo que sabes".

"Cuando Elby rompió con ella, ella no quería dejarlo ir. Lo acosaba, lo llamaba a todas horas de la noche. Incluso llamó a Annabelle".

"¿Hizo alguna amenaza que tú sepas?".

Meneó la cabeza. "No, solo que se tomó muy mal la ruptura".

"Entendido. ¿Qué hay de alguien más?".

"Friedman enfureció demasiado a Elby. Es otra sanguijuela. Acosó a Elby para que pusiera el dinero para el negocio de suplementos. El tipo no era más que un estafador".

"¿Alguna vez Elby dijo algo sobre él?".

"Oh sí, todo el tiempo. Estaba furioso por el constante flujo de estupideces que recibía de Friedman".

"¿Es por eso que terminó cerrando el negocio?".

"No lo sé. Elby nunca habló mucho de ello. Sé que tenía algunos problemas con el condado, pero no estoy seguro. Me alegré de que se librara de ese desgraciado".

"Conoció a Friedman a través de ti, ¿verdad?".

"De ninguna manera. Johnny Heights y yo éramos amigos, no muy íntimos, pero nos veíamos de vez en cuando. Él conocía a Friedman. Cómo pudo juntarse con Friedman no lo entiendo. Pero así fue como Elby se enganchó con él".

"Bien. Entiendo que a Elby le gustaba engañar a su esposa. ¿Qué hay de otras mujeres?".

"Su problema era que siempre eran mujeres casadas. No sé, tal vez le parecía más seguro. Había una nueva mujer en la mezcla. Creo que se llamaba Sue. Iba a verla la noche que fui a Phoenix".

"¿El día que desapareció?".

"Sí".

"Pero Cindy Baylor dijo que tenía una cita con él esa noche".

"Eso es lo que me dijo. Tal vez iba a dejar plantada a Cindy".

"¿Y estaba casada?".

"Sí. Como siempre".

"¿Y no era su primera cita con ella?".

"No, la había visto antes".

"¿Puedes decirme algo más sobre esta mujer?".

"Ojalá pudiera, pero no sé nada más de ella, aparte de que parecía demasiado entusiasmado por ella".

"¿Era eso inusual?".

"Sí, Elby estaba como adolescente cuando me habló de ella".

"¿Y definitivamente estaba casada?".

"Sí. Ese era su modus operandi".

Me costó dejar una vista tan paradisíaca, pero tenía que hacer un seguimiento de lo que Weaver me había contado. Tal vez algún día aceptaría la oferta de golf de Weaver.

14

ERA EL TERCER DÍA CONSECUTIVO QUE JESSICA ESTABA DORMIDA cuando llegaba yo a casa. Me puse de puntillas en beneficio de Mary Ann mientras me dirigía al moisés. Estaba preciosa. Le acaricié la cara y se removió. Moví su mano y abrió los ojos. Me sonrió. La tomé en brazos mientras Mary Ann entraba en la habitación.

"¿Qué estás haciendo?".

"Estaba despierta".

"No, no lo estaba. Te vi despertarla, en el monitor".

La sostuve sobre mi cabeza. "Mira, está sonriendo".

"Tú la acuestas. Buena suerte".

Mary Ann salió de la habitación, y puse a Jessie en nuestra cama. Me tumbé a su lado y jugué con ella unos veinte minutos antes de volver a meterla en el moisés. Cuando me cambié la ropa de trabajo, empezó a llorar.

Volví a levantarla y en cinco minutos estaba profundamente dormida. Salí sigilosamente del dormitorio.

"Duerme como una roca".

"No puedo creerlo. Nunca hace eso".

"¿Qué puedo decirte? La magia de papá es lo que es".

"Sí, claro. Pon la parrilla".

Esperando a que la parrilla se calentara, recogí el *Naples Daily News*. Había una foto de tres hombres en la ceremonia de colocación de la primera piedra de un nuevo hospital en el este de Naples. Me resultaban familiares, pero no podía reconocer sus caras.

Dejé el periódico y miré la parrilla, entonces caí en la cuenta. Eran los mismos hombres de las fotos del despacho de Chadwick Salter. Leí sus nombres: Robert Hamlet, Michael West y Marshall Bingham. Leí el artículo. Eran residentes adinerados de Naples que financiaron el proyecto en condiciones favorables porque creían que la comunidad necesitaba otro centro médico.

Era un artículo que me hacía sentir bien, trataba de miembros de la comunidad con medios para llenar un vacío cuando los banqueros querían demasiado para financiar el proyecto. Estaba agradecido de vivir en un lugar tan bueno para criar a Jessie.

CINDY BAYLOR FINGIÓ sorpresa ante mi visita, pero había recordado mi nombre. Llevaba jeans, chanclas y una blusa blanca que dejaba entrever sus dones. Era un imán femenino.

"Oh, Detective Luca, ¿pasa algo?".

Sí, su novio fue encontrado muerto con una bala en el cerebro.

"Tengo algunas preguntas más".

Cuando se hizo a un lado, noté un gran diamante colgando de su oreja. Había un aroma a canela en el aire que me hizo pensar en ponche de huevo. Nos sentamos en las mismas sillas bajas que rodeaban su mesa de centro de Lucite.

"Tengo entendido que su exmarido se enfadó por su aventura con Elby Salter".

"¿No es una reacción común?".

"Probablemente, pero lo que es menos infrecuente es proferir amenazas".

"Fred es impulsivo. Perdió la calma y se desahogó. Eso fue todo".

"Tengo entendido que estaba acosando al señor Salter. ¿Qué sabe de eso?".

Dejó caer una chancla de un pie. "Elby me dijo que creía que Fred le seguía, pero yo le dije que se lo estaba inventando. Elby estaba paranoico con todo el asunto".

"Tengo un testigo que confirma que su exmarido le estaba acosando".

"¿Qué? ¿Cree que Fred mató a Elby?".

"Estamos investigando todas las relaciones del señor Salter".

Ella cruzó las piernas. "¿Supongo que eso implica que a mí también?".

"La última vez que nos vimos, dijo que había usado el dinero del acuerdo de divorcio para comprar la casa en Mercato. Pero eso no era cierto, ¿verdad? Salter le dio el dinero para comprarla, ¿no?".

Su rostro enrojeció. "No mentía. El divorcio estaba tardando demasiado, así que Elby me prestó el dinero".

"Oh, ¿algo así como un préstamo puente?".

"Sí, un préstamo puente".

"¿Alguna vez pagó el préstamo del señor Salter?".

"Iba a hacerlo, pero Elby me dijo que no me preocupara".

Ella estaba mejorando en ser entrevistada, dando una respuesta que no podía ser verificada.

"¿Él le prometió algo si algo le sucedía?".

Ella se inclinó hacia adelante. "¿Quién le dijo eso? ¿Chadwick?".

"¿El señor Salter hizo alguna promesa?".

"Elby dijo muchas cosas, pero nada de lo que usted intenta decir".

"¿Qué sabe usted de Robert Friedman?".

Puso los ojos en blanco. "Cómo llegó a salir en la tele es un misterio para mí. Se le ve el plumero a la legua".

"Es un buen vendedor. Convenció a Elby para que hiciera negocios con él".

"Elby casi nunca hablaba de negocios. Una vez nos encontramos con Friedman en un restaurante; esa fue la única vez que lo vi. No paraba de llamar a Elby *socio* y a Elby no le gustaba".

"Salter era todo lo exitoso que se podía ser, sin embargo, el negocio que él y Friedman tenían juntos fracasó. ¿Sabe por qué?".

"Como dije, él no hablaba de negocios conmigo. Solo me decía que tenía una cena de negocios el 15 de cada mes. Nunca podía hacer nada conmigo porque tenía que ir a esa reunión".

"¿Nunca mencionó ningún problema con Friedman?".

"Ninguno que yo sepa".

"¿Sabía que Salter estaba viendo a otra mujer?".

Se le fue el color de la cara. ¿Eso sugería que no era una cazafortunas?

"No lo sé. ¿Está seguro?".

"Su nombre era Sue".

"¿Cuánto tiempo estuvo pasando esto?".

"Varias semanas antes de que fuera asesinado".

Sus hombros se hundieron. "Probablemente fue solo una aventura...".

"Déjeme preguntarle, ¿tenía usted sus propias aventuras?".

"¿Qué clase de mujer cree que soy?".

Me estaba haciendo una idea de quién era, pero si el cuadro se inclinaba hacia la oscuridad era la pregunta que iba a intentar responder con todas mis fuerzas.

15

Volví a mi despacho tras informar al sheriff Chester sobre el caso Salter. Estaba tan perplejo como yo de que la prensa no le diera importancia. El sheriff quería una solución antes de que la familia empezara a presionar.

Dejó claro que teníamos que investigar y encontrar al asesino rápido. Chester se presentaba a reelección dentro de dos años, y yo sabía que no quería que una familia poderosa agitara los ánimos.

El dolor en mis entrañas resurgió mientras bajaba las escaleras. Era leve, pero preocupante. ¿Era responsable la presión que Chester ejercía sobre mí? Quizá no fuera más que una úlcera. Preferiría un montón de úlceras a un cáncer. Entré en nuestra oficina y Derrick dijo: "Frank, finalmente me puse en contacto con Marie Redoux. Estaba fuera".

"¿Y no se llevó su teléfono?".

"Estaba en Francia visitando a su familia".

"De acuerdo. Tenemos que verla. Vámonos".

"Está trabajando; iremos allí".

Auberge era un restaurante tradicional francés en el bulevar Imperial Golf Course. Cuando entramos en el centro comercial que albergaba el restaurante, me pregunté si Elby Salter era socio del exclusivo campo de golf y la había conocido mientras comía algo.

Había un comensal solitario almorzando tarde en una mesa al aire libre. Derrick me abrió la puerta y entré en un espacio decorado con sencillez. Mary Ann y yo habíamos estado en París, y el lugar me recordó a un bistró en el que habíamos comido el día que fuimos a Versalles.

Me pregunté cómo estarían aquí los mejillones mientras Derrick pedía a alguien que llamara a Marie. Nunca me habían gustado los mejillones, pero estaban en todos los menús que vimos en Francia, y acabaron estando buenos. El problema era que necesitaba una buena porción de pan para sentirme lo suficientemente lleno.

Una barra a mi izquierda llamó mi atención. Estaba repleta de pasteles y coloridos montones de macarrones. Había un estante de vinos a la derecha, y estaba echando un vistazo a las etiquetas cuando oí unos pasos que se acercaban.

Marie Redoux era alta y tenía la confianza que yo recordaba haber visto entre la gente de París. Llevaba un vestido campestre francés que ceñía sus curvilíneas caderas. Si se había maquillado, no se notaba. Redoux no era despampanante, pero sí atractiva y tenía una bonita sonrisa.

Le dijo algo en francés a un camarero antes de saludarme con marcado acento en la voz.

"Sentémonos allí". Redoux señaló una mesa junto a la ventana. "¿Puedo ofrecerle algo? ¿Un café?".

Declinamos y nos sentamos en sillas de madera de bistró.

Le dije: "Tengo entendido que estuvo en Francia. ¿Qué tal el viaje?".

"Muy bonito, pero hacía frío. Me alegro de estar de vuelta".

Podría escucharla hablar todo el día. ¿Se volvería molesto después de un tiempo?

"¿Nació en Francia?".

"Sí, en Fécamp, en la costa norte, junto al mar. ¿Quizá conozca Le Havre? Está cerca".

Decidí que su voz nunca me molestaría. "Solo he estado allí una vez, sobre todo en la zona de París".

"Francia es un país precioso, pero la situación política me cansa. No es el mejor lugar para criar a mi hija".

Pude ver cómo Elby Salter se enamoró de su sonrisa. "Me temo que no sabría mucho de eso. Tengo entendido que tuvo una relación con Elby Salter".

Ella asintió.

"¿Cómo lo conoció?".

Ella sonrió. "Él estaba en una cita, aquí mismo, en esta misma mesa".

Derrick dijo: "¿Él estaba con otra mujer, y se acercó a usted, delante de ella?".

"Elby fue discreto. Tenía preguntas sobre la carta de vinos. Solo tenemos vinos franceses. Me acerqué a la mesa y le di una recomendación que aceptó. Le pidió al mesero que me hiciera pasar. Elby no paraba de hablar del vino, pero yo sabía que estaba interesado en mí y, cuando fue al baño, me pidió mi número".

Después de que Derrick murmurara algo sobre que Salter tenía las pelotas grandes, preguntó: "¿Hace cuánto fue eso?".

"Hace un año y medio".

Le dije: "Tenemos entendido que él rompió la relación y que usted no estaba contenta por ello".

"No, no. Era el momento de terminar. Todas las cosas tienen su tiempo, y el nuestro había pasado".

Derrick dijo: "¿Por qué lo llamó tres veces el día antes de que fuera asesinado?".

"Porque tenía una botella del mismo vino que le recomendé

la noche que nos conocimos. Estaba un poco borracha y me sentía melancólica".

Su respuesta fue demasiado rápida, parecía ensayada. Le pregunté cuál era el vino, en parte para ver si mentía y en parte para ver si podía encontrar una botella y probarla.

"Chêne Bleu, su Abelard 2012".

Quise saber de qué lugar de Francia procedía, pero pregunté: "Hemos hablado con gente que conocía al señor Salter y a usted, y dicen que se tomó muy mal la ruptura. Que usted llamaba continuamente al señor Salter e incluso llamó a su mujer".

"Bueno, eso suena como algo que diría su hermano".

"No lo dijo Chadwick Salter. Ahora, ¿llamó a Elby Salter después de que la relación terminara?".

"Esto se está volviendo absurdo. ¿Estaba molesta por la dureza que Elby mostró hacia mí? Sí. Me llevó unas semanas, pero lo superé".

"Lo comprendo. ¿Sabe quién pudo haberle hecho esto a Elby?".

"Bueno, no fui yo. Yo estaba en Francia en ese momento".

Me vino a la mente un viejo dicho francés: El que se excusa, se acusa. ¿Era su viaje a Francia la coartada perfecta?

16

Fred Baylor no quería volver a reunirse en su despacho. Lo entendí y acepté reunirme con él en Grouper and Chips. Después de todo, un hombre tiene que comer. El complejo comercial que albergaba el popular restaurante estaba al otro lado del centro médico NCH en el centro de la ciudad.

Baylor estaba esperando en la puerta principal. Decidimos almorzar y sentarnos en una mesa al aire libre. El local estaba lleno. La mayoría de las mesas estaban ocupadas por gente vestida con uniformes de quirófano. Habían venido por la comida, no por la decoración.

Las paredes estaban pintadas de un brillante rosa que combinaba con el suelo rojo y un mostrador de color lima neón donde hicimos nuestro pedido. Mary Ann no estaba a la vista, así que pedí una cesta de mero frito con papas fritas y una Coca-Cola light. Baylor optó por un plato de mero dorado.

Nos acomodamos en las sillas de plástico de la mesa más alejada. Mientras comíamos, hablamos del tiempo (hacía calor), del béisbol (empezaban los entrenamientos de primavera) y de los rumores de que una importante cadena hotelera iba a construir otra torre frente a la histórica Tin City.

Fue interesante que Baylor mencionara Tin City. Era otro ejemplo de la influencia de los Salter. Los edificios con tejados de hojalata de Tin City habían sido el centro neurálgico del comercio y el transporte en los años veinte. Era el corazón de la industria pesquera de Naples, con plantas de procesamiento de pescado e instalaciones para la construcción de barcos.

Cuando la economía de la zona dejó de basarse en la pesca, la amenaza de que Tin City fuera sustituida por viviendas era real. Con el deseo de preservar la zona histórica, los Salter intervinieron, conservando el encanto de la vieja Florida y transformándola en una mezcla de tiendas, restaurantes y actividades acuáticas.

No podía ser mejor. Supongo que por eso el pescado y las papas fritas eran tan populares en Inglaterra. Cerré mi recipiente desechable vacío con un sentimiento de culpa. Mañana iba a ver al médico y él quería que comiera sano. En cuanto Baylor terminó su almuerzo, le dije: "Tengo un par de preguntas más sobre ti y Elby Salter".

Me miró pero no dijo nada.

"Admitiste haberlo amenazado. Creo que dijiste que fue por frustración debido a la aventura en la que estaba metida tu exmujer, pero eso fue todo".

"Sí, así es".

"¿Cómo es que no me dijiste que estabas acosando a Elby Salter?".

"No era acoso. Eso es una locura".

"¿Entonces qué era?".

"Lo seguí un poco, eso es todo. Ya sabes, en mi auto. Daba vueltas, me aseguraba de que me viera".

"¿No le seguiste también hasta el estadio JetBlue?".

Exhaló. "Eso fue estúpido. Cometí un error. Estaba enojado, eso es todo".

"¿Estás seguro de que eso fue todo?".

"Sí, por supuesto. Me siento como un idiota. Quiero decir, Cindy ni siquiera valía la pena. Ella lo estaba engañando a él también".

"¿Tu exmujer estaba teniendo otra aventura mientras salía con Elby?".

"Sí, ¿puedes creerlo? Te digo que ella no era nada de eso cuando nos casamos. No sé qué demonios le pasó, pero no es la mujer con la que me casé".

"Si no te importa que pregunte, ¿quién era el hombre con el que engañaba a Elby?".

"No sé el apellido, pero un día la oí hablar por teléfono con un tal Chad".

Un trozo de mero frito se abrió paso hasta mi garganta. ¿Podría ser Chadwick Salter? Necesitaba procesar las posibilidades, pero quedaba la pregunta más importante: "¿Dónde estabas la noche del veinte de febrero?".

Se puso rígido. "No creerás que tuve algo que ver con lo que le pasó a ese tipo, ¿verdad?".

"Responde a la pregunta, por favor. ¿Dónde estabas aquella noche?".

"¿Qué día de la semana era?".

"Un martes".

"Yo estaba en casa esa noche".

"¿Estás seguro?".

"Sí, sin duda. Los lunes juego boliche con un grupo de amigos. Estamos en una liga, y bueno, tendemos a pasarnos con la bebida. Los martes los tengo libres para recuperarme. Ya no me recupero como antes".

Sabía exactamente a qué se refería con eso. Yo tampoco podía ya beber como antes.

"¿Estuviste en casa toda la noche?".

"Sí".

"¿Vino alguien que pueda confirmarlo?".

"No. Estuve solo, viendo la tele".

¿Por qué quería creerle? ¿Era porque su esposa lo había tomado por idiota y yo lo sentía por él? No había sido sincero conmigo, ocultándome su acoso a Salter, pero ¿era eso señal de que era un asesino?

TENÍA A JESSIE EN MI REGAZO, y ella estaba sentada erguida sin mucho apoyo. "Mira esto. Muy pronto va a estar caminando".

"Dada la forma en que el tiempo vuela probablemente tengas razón. Todavía no puedo creer que vaya a cumplir cinco meses la semana que viene".

"Es una locura. Sabes, si quieres quedarte en casa con Jessie, podemos seguir otros seis meses".

"No quiero seguir consumiendo nuestros ahorros, Frank. No nos quedará nada si no vuelvo a trabajar pronto".

"Estaría bien tener un año de permiso retribuido en vez de los tres meses que te han dado. Pero supongo que costaría demasiado".

"Tenemos que decidir qué es lo importante. No podría imaginarme dejar a Jessica después de solo tres meses. Sería un desastre, preocupándome por ella en el trabajo".

"Quiero que estés en casa con ella el mayor tiempo posible. Podemos hacerlo, y cuanto más crezca, más fácil será dejarla con alguien. Tal vez puedas ir poco a poco, digamos tres días a la semana al principio".

"No lo sé. Tal y como está creciendo, creo que cuando tenga seis meses ya podré volver a trabajar".

Para eso faltaban unas cinco semanas. Esperaba que fuera

tiempo suficiente, no solo para que Jessie hiciera la transición, sino también para resolver lo que me pasaba por dentro. Que ella volviera a trabajar conmigo al margen no ayudaría mucho a nuestras finanzas, por no hablar de mi estado mental.

17

La sala de espera del doctor Brown estaba llena. Me registré y me fijé en alguien que llevaba una de esas corbatas de cordón delgado que parecían cordones de zapato. Era Frank Morgan, que había sido sheriff durante un breve periodo cuando Joe Liberi enfermó.

Morgan había nacido y crecido en Naples y no le gustaban muchos de los cambios que veía en su ciudad natal. Yo era relativamente nuevo en el suroeste de Florida cuando él ocupó el cargo de sheriff, y me trató muy mal, me consideraba un forastero. Fue extraño verle aquí, no solo porque estaba fuera de contexto, sino también porque el caso de asesinato que resolví cuando él dirigía las cosas implicaba a los Boggs, otra familia adinerada.

Morgan se estaba mirando las botas de vaquero cuando le dije: "Sheriff Morgan. ¿Cómo estás?".

"¿Luca? ¿Cómo estás, hijo?".

"Bien, sheriff. ¿Y tú?".

"Envejeciendo, así es como estoy. ¿Qué haces aquí?".

¿Se había olvidado de mi cáncer de vejiga? "Vengo cada seis meses. Tienen que vigilarme".

"Oh cielos, lo siento, me olvidé de tus problemas".

"¿Y tú?".

"La maldita próstata dando guerra. No puedo dormir una hora sin tener que orinar".

"Lo siento".

"No te preocupes. ¿Estás trabajando en el homicidio de Salter?".

"Sí. Aunque nada está siendo fácil".

"Los Salter son una familia antigua. Llevan aquí más tiempo que los míos".

"Oí que estaban aquí desde el principio del estado".

"Y te diré, si no fuera por ellos, esta ciudad y toda la costa suroeste no se vería como se ve. Se aseguraron de que no nos convirtiéramos en otra maldita Miami".

"¿Cómo lo hicieron?".

"Trabajaron con otros promotores y terratenientes para asegurarse de que había un plan maestro. Limitaron los rascacielos y se aseguraron de que las infraestructuras fueran por delante de la construcción".

"Bueno, parece que ganaron mucho dinero haciéndolo".

"Sí, un montón de dinero, pero había angustia".

"Es una pena, solo tenía cincuenta y tres años".

"No estoy hablando de Elby. Me refiero al viejo, Prescott, su hermana, Florence; desapareció cuando yo era adolescente".

"Vaya. No lo sabía. ¿Qué pasó con ella?".

"Nunca la encontraron. Si me preguntas, fue porque los Salter nunca cooperaron con la policía".

"¿Por qué harían eso?".

"No lo sé. Sacaron a relucir eso de la privacidad, pero no tenía ningún sentido para mí".

"¿Crees que estaban involucrados de alguna manera?".

"Realmente no lo sé. Después de estar un tiempo en el cuerpo, eché un vistazo al archivo del caso, pero no tenía nada".

"¿Estaba vacío?".

"No, solo nada sustancial".

La recepcionista dijo el nombre de Morgan y nos despedimos. Esperar los veinte minutos antes de que me llamaran fue fácil mientras le daba vueltas a lo que Morgan había dicho. ¿Había alguna conexión entre el asesinato de Elby y la desaparición y supuesta muerte de su tía? ¿Cuáles eran las probabilidades de que dos miembros de la familia se encontraran con partidas inexplicables?

Indagar en la historia de la familia Salter era algo que quería hacer. Pero, ¿qué podría aprender de las generaciones anteriores de su clan? Sería interesante, pero probablemente una pérdida de tiempo.

El doctor Brown parecía serio. ¿Sabía algo que yo ignoraba?

"¿Qué te molesta, Frank?".

"Tengo un pequeño dolor en el vientre".

"Muéstrame dónde".

Toqué donde me dolía. "Por aquí. ¿Crees que tiene algo que ver con mi nueva fontanería?".

"Quítate la camiseta y túmbate en la mesa".

El papel que cubría la mesa se pegó inmediatamente a mi espalda.

"Desabróchese la parte superior de los pantalones".

Sabía que era médico, pero el sonido de una voz masculina dando esa orden me resultaba incómodo. Hundí la barbilla en el pecho y vi cómo me presionaba la tripa con dos dedos.

"Dime cuando sientas algo".

Sentí un pequeño tirón, pero ningún dolor real. Se movió hacia mi bajo vientre.

"Ah, eso duele".

Volvió a presionar. "¿Aquí?".

"Sí".

Encorvado, el doctor Brown palpó la zona en silencio. Luego se levantó y buscó un par de guantes.

"Fuera de la mesa, y bájate los calzoncillos, Frank".

"¿Qué pasa?".

"Quiero comprobar algo".

Si me decía que apoyara los codos en la cama, salía corriendo de allí. Me bajé los pantalones y me dijo que girara la cabeza hacia la derecha y tosiera. Me puso una mano enguantada en los testículos. Tosí.

"Tose otra vez".

Obedecí.

"Gira a la izquierda y tose".

Volvió a tocarme las pelotas y se quitó los guantes. "Ya puedes vestirte".

Busqué mi ropa interior. "¿Qué pasa, doctor? ¿La nueva vejiga está fallando?".

"No. Tienes una hernia".

"¿Una hernia?".

"Sí. Parece que tienes una hernia incisional. Si recuerdas, te dije que necesitabas ejercitar la zona abdominal después de la cirugía para fortalecer el músculo. No has hecho lo suficiente y se te ha formado una hernia donde el cirujano hizo la incisión".

Aunque criticó mi estado físico, quise darle un beso, ahora que estaba vestido.

"Es mucho mejor de lo que esperaba".

"Las hernias son comunes, pero la tuya era evitable si hubieras seguido las instrucciones postoperatorias".

Dejé pasar el sermón, después de todo, era una hernia, no cáncer. "¿Cuál es el siguiente paso?".

"Cirugía para reparar el desgarro. Suele hacerse con un laparoscopio. No es demasiado invasiva".

"¿Cuánto tardaré en recuperarme?".

"Un par de días, como máximo. Estarás adolorido los primeros dos o tres días, pero podrás moverte".

"Ahora estoy trabajando en un caso; ¿esto puede esperar?".

"Yo no lo ignoraría; estos desgarros pueden expandirse y entonces tendrás un problema mucho mayor".

¿No confiaba en mí porque había faltado unos días al gimnasio? "No voy a ignorarlo. Solo quería saber si podía posponer la operación un par de semanas o algo así".

"Retrasar cualquier intervención necesaria conlleva un riesgo, pero si crees que debes esperar, yo no dejaría que pasaran más de seis semanas".

Me dio el nombre de un cirujano, pero me dijo que lo consultara con el equipo de médicos que me extirparon la vejiga y me hicieron las nuevas tuberías.

Salí de la consulta sintiéndome bien. No era nada importante y estaría cerca para ver crecer a Jessie.

18

Con la mirada fija en la pizarra de Salter, me empezó a doler la parte baja de la espalda. No me daba nada. Le dije a Derrick: "Una de las cosas más útiles que puedes hacer en una investigación de homicidio, y es sencilla, es hacer balance de dónde estás, de lo que tienes, sobre todo en casos en los que hay múltiples hilos, ningún camino principal real que seguir".

"Recuerdo que me dijiste eso la primera semana que llegué aquí. ¿Vamos a hacer eso con Salter?".

"Sí". Toqué la foto de Elby Salter. "Un hombre de cincuenta y tres años, de una de las familias más antiguas y ricas del condado, es asesinado al estilo mafioso. Casado, sin hijos. Tenía aventuras, a veces dos a la vez. Era caritativo. Le gustaba el béisbol y tenía intereses en demasiados negocios para contarlos. Tenía un socio turbio. Eso probablemente no es justo para Friedman; llamémosle un poco indecente. Necesita una mirada más cercana".

"Lo investigaré".

"Bien. Ahora, podría haber una conexión entre su asesinato y sus juergas. Algo impulsado por la pasión o la ganancia financiera".

"Cindy Baylor. Ella consiguió el dinero de Salter para comprar la casa en Mercato. Eso es un motivo de un millón de dólares".

"Pero Salter no parecía querer el dinero de vuelta. Tal vez lo vio como el precio de entrada".

"Sí, pero tenía una nueva mujer. Tal vez estaba dejando a Baylor y quería su dinero de vuelta".

"Esta gente vale miles de millones. No puedo verlo metiéndose con ella por el dinero de la casa. Tiene que ser más que eso, mucho más. Nadie en este caso es del tipo que mata por dinero a menos que sea mucho. Un gran pago del seguro, o aunque suene loco, acceso a una cuenta bancaria o algo para ella si él muriera".

"No veo cómo ella pudiera sacar dinero de su muerte. Ella lo necesitaba para financiar su estilo de vida".

"Tienes razón. Pero hay la más mínima posibilidad de que él preparara algo para cuidar de ella".

"¿Eso crees?".

"Lo dudo, pero tenemos que mantener los ojos abiertos al respecto".

"¿Y su marido?".

"Sabes, antes de que me dijera que ella engañaba a Elby, él estaba cerca de la cima de la lista con el asunto del acoso. Pero ahora no creo que hiciera nada más de lo que haría cualquier hombre herido".

"Yo no. Si mi mujer me jode, se acabó. La borraría de mi vida en un segundo".

Derrick era demasiado joven para entender cómo la gente se encuentra patas arriba. "No es tan fácil como crees. Estoy de acuerdo contigo, pero es mucho más complicado que eso".

"¿Qué tiene de complicado que una esposa te engañe?".

"No digo que sea aceptable y que debas perdonarla, pero tienes que ver el cuadro completo. Eso es todo lo que digo. No nos desviemos del tema. Tenemos que husmear y ver si podemos encontrar alguna prueba de que Fred Baylor fue visto fuera de su casa esa noche".

"Deberíamos sondear su vecindario. Ver qué podemos sacar".

"Pásalo a los soldados rasos. Ve a ver a McQuire. Dile lo que necesitamos".

"¿Ahora?".

"No. No hemos terminado con todo esto. Hay algo sobre esta familia. Me encontré con el sheriff Morgan, es un veterano, nació aquí. Me contó algo sobre la familia Salter. Hace años, una hermana del padre de Elby desapareció y nunca apareció".

"¿En serio? ¿Crees que está relacionada?".

"Sería una locura si lo estuviera, y no veo cómo. Pero hay algo con esta familia. Parecen gente bastante agradable, pero no puedo ponerlo en palabras...".

"Son muy ricos. Le conté a Lynn algo del caso después de descubrir quién era, y me dijo que los conocía de cuando estaba en Orlando. Tienen un montón de propiedades allí, miles de acres de plantaciones de caña de azúcar y un montón de urbanizaciones. Sabes, dijo que incluso donaron el terreno sobre el que está construido el Centro Espacial Kennedy".

"¿Me estás tomando el pelo? ¿El Centro Espacial?".

Sonó el teléfono y Derrick contestó. Se levantó, sacudiendo la cabeza y colgó.

"Tenemos otro cadáver".

"¿Dónde?".

"En el muelle de Naples. Un tipo iba a llevar a su familia a dar una vuelta, y cuando bajó, había un cadáver".

EL MUELLE principal estaba acordonado con cinta amarilla. Una multitud de navegantes y turistas se arremolinaban alrededor. Pasamos por debajo de la cinta, firmamos y nos dirigimos hacia un grupo de agentes a cincuenta metros de distancia. El olor a gasóleo impregnaba el aire.

Era la primera vez que volvía aquí desde el caso Serenity. Había un hilo muy delgado entre los casos: gente adinerada y barcos. Pero así funcionaba mi mente. Lo descarté cuando llegamos a la popa del barco donde estaba el cadáver.

Era un Viking de veinticinco pies con un pequeño camarote. Un buen barco, pero ni remotamente parecido a los que tenía la gente de Keewaydin. Un hombre calvo en pantalones cortos y zapatos de barco estaba hablando con los oficiales. Necesitábamos ver la escena antes de hablar con nadie.

Nos pusimos los guantes. Derrick saltó a bordo y ofreció su mano. La rechacé. Al tirar de la cuerda de amarre para acercar el barco, el dolor en mis entrañas estalló. ¿Creía que me estaba haciendo demasiado viejo para saltar como él? ¿O estaba pensando en la hernia que yo tenía?

Tiré del pestillo de la puerta de madera de teca que daba a la parte inferior. Se veían un par de pies calzados con zapatos negros. Las escaleras de acero inoxidable estaban más empinadas que el monte K2. Al descender, me sujeté a ambas barandillas. Los zapatos estaban unidos a unas piernas con pantalones negros. Di otro paso. La zona de la cintura era visible. Las manos del cadáver estaban atadas.

Un charco de sangre alrededor de la cabeza de la víctima tenía un tinte más oscuro. Ya no se extendía. Parecía ser un disparo en la base del cráneo, igual que Salter. Puse el otro pie en el suelo, acercándome al cuerpo. ¿Era esta otra ejecución de un hombre rico?

Derrick bajó las escaleras hacia el pequeño espacio. "¡Mierda! Es exactamente como Salter".

Agachado junto a la cabeza dije: "No del todo. A este pobre bastardo le metieron un trapo por la garganta".

Derrick me rodeó. "Casi se parece al tipo del boceto, ¿no?"

Tenía razón. El muerto se parecía al hombre que el artista había dibujado en la escena del asesinato de Elby Salter. ¿Podría ser el mismo hombre? Si era así, ¿de quién demonios se trataba?

19

Mary Ann dijo: "Voy a darle un baño rápido".

"¿Ahora? Ya está malhumorada".

"Todo el mundo la estaba sosteniendo hoy. Y un poco del aceite bautismal goteó por su cuello. Gracias a Dios que no le cayó en el vestido".

"Se veía increíble en su vestido de bautizo".

"Está en la cama. Cuélgalo, por favor. Quiero conservarlo".

¿Tenía planes para un segundo hijo? "¿Para qué?".

"Para que lo tenga cuando sea mayor. Quizá uno de sus hijos lo lleve".

Jessica no tiene ni medio año, ¿y Mary Ann habla de que va a tener un bebé?

Colgué el vestido de encaje y lo admiré. Era precioso: satén blanco con adornos de encaje bordado. Al principio me molestó su precio y su longitud, pero no podía imaginarme a Jessie con otra cosa.

Cuando me puse unos pantalones cortos y una camiseta, oí a Mary Ann besando a Jessie. Entró en el dormitorio. Jessica estaba envuelta en una toalla. Olía de maravilla. Le di un beso a hurtadillas mientras Mary Ann la vestía con un pijama cubierto con el alfabeto. Jessie tenía los ojos entrecerrados. Mary Ann la acostó y segundos después estaba durmiendo.

Mary Ann se desplomó en una silla de la sala de estar y yo me tendí en el sofá.

"Es un ángel, Frank".

"Lo sé. Ni siquiera lloró como los demás niños cuando el cura la ungió. Tiene un carácter estupendo. Se parece a su padre".

"Sí, claro. El señor Moody".

"Se llama tener una personalidad diversa".

"Eres imposible".

"¿Qué hay de Derrick? Es genial con Jessie, ¿no?".

"Es un buen tipo. Y me gusta mucho Lynn. Quiere ser mamá. Apuesto a que tienen un hijo enseguida".

"¿Cuándo se casan?".

"El año que viene. Creo que en abril".

"Eso está bien".

"No tienes excusa ahora que Jessica está bautizada".

"¿Una excusa para qué?".

"Para que te arreglen lo de la hernia".

Ugh.

LLEGUÉ tarde al trabajo y entré en la oficina lentamente.

Derrick dijo: "¿Estás bien?".

"Sí".

"Estás caminando como si tuvieras un palo en el culo".

"El maldito cirujano fue duro al examinarme".

"Algunos médicos son así, ¿no?".

"¿Por qué? Nunca lo sabré".

"¿Qué dijo él?".

"Es una ella. Me tienen que reparar la hernia en dos semanas".

"No sé si podría tener a una doctora hurgando ahí abajo".

Me senté en una silla. "Después de lo que pasé con el cáncer de vejiga, nada podría avergonzarme".

"Tienes razón. Mira, tengo a ese testigo que ayudó con el dibujo compuesto viniendo a echar un vistazo al cuerpo encontrado en el barco".

"Bien. Pero todavía vamos a necesitar una identificación".

"Lo sé. Oye, hice un par de llamadas esta mañana sobre Friedman, y parece que puede estar en algunos problemas financieros".

"Interesante. Como alguien puede gastar todo el dinero que debe haber hecho con esos infomerciales es algo que no entiendo".

"Eso si es que hizo algo de dinero. He oído que al menos la mitad de esos productos ni siquiera se venden lo suficiente para cubrir la producción".

"Tal vez si los pusieran a una hora razonable, tendrían la oportunidad de llegar a un punto de equilibrio".

Derrick agarró su saco. "Me voy de aquí. ¿Vas a pasar desapercibido?".

"No. Voy a ver a Chadwick".

LA CASA del hermano de Elby no era tan grande ni estaba tan bien cuidada. Sin embargo, tenía un porche que parecía rodear la casa. Una larga piscina rectangular estaba poblada por cuatro corrientes de agua arqueadas, que me hacían pensar en bucles sumergidos. Nunca me han gustado las fuentes, pero era agradable.

Al estacionar junto a un Mustang azul, me fijé en que había

alguien sentado en el porche. Era Chadwick. Al parecer, no solo no entraría en la casa, sino que ni siquiera podría contemplar el golfo mientras hablábamos.

El crujido de la grava bajo mis pies se mezclaba con el sonido de la fuente. Miré las escaleras; solo había tres escalones. Me aguantaría la incomodidad. La barandilla era áspera. Antes de llegar al segundo escalón, Chadwick se acercó.

Nos dimos la mano y dijo: "Sentémonos aquí".

Le seguí hasta un par de sofás con cojines floreados. Encima de la mesa de mimbre con tapa de cristal que separaba los asientos había un cuenco de fruta, un plato de sándwiches variados, una jarra de limonada y otra con agua. Eran solo las once de la mañana. ¿Había pensado Chadwick en mi visita, o los Salter vivían mejor de lo que yo había imaginado?

Me hundí en un sofá, el sonido del agua me puso en un mini trance. "Es un bonito lugar el que tienen aquí".

"Lleva años en la familia. Mi abuelo vivía aquí".

"Y tener a tu hermano justo al lado debe haber sido agradable".

"Lo fue".

La forma en que lo dijo significaba que no lo era.

Lo cubrió con: "Por cierto, si tienes hambre, adelante".

"Gracias".

"¿Qué puedo hacer por ti, detective?".

Me incliné hacia adelante. "¿Mantienes una relación con Cindy Baylor?".

Chadwick giró la cabeza hacia la ventana detrás de él. Estaba cerrada. Bajó la voz. "Detective Luca, ésta es mi casa. Su pregunta no solo es inapropiada, sino que no tiene ninguna relevancia con el asesinato de mi hermano".

Le susurré: "Me has mentido. ¿Por qué?".

A bajo volumen, se podían sentir las ondas sonoras de su

voz grave. "Siento discrepar. Creo que he sido sincero; sin embargo, no veo el propósito de discutir asuntos privados".

"Tienes una aventura con la misma mujer que tu hermano asesinado".

Clavó un tenedor en el plato de fruta, arrancando una bola de melón. Se la comió y dejó el utensilio.

"¿Vas a admitirlo?".

"A menos que tengas pruebas de que está relacionado con el fallecimiento de mi hermano, no voy a abordar lo que es un asunto privado".

"Me parece justo".

Tomé mi limonada y traté de entender la situación. No podía ver a un hermano adulto matando a un hermano por una aventura. Andar con la esposa de otro hombre era otra historia. Imaginé que había un abundante suministro de mujeres para que los hermanos Salter se involucraran. ¿Por qué Cindy Baylor? No se quedaba atrás, pero tampoco era Marilyn Monroe. ¿Era la enloquecedora necesidad de intimidad lo que les llevaba a compartir novia?

"Déjame hacerte una pregunta relacionada. ¿Fred Baylor alguna vez te persiguió o acosó cuando se enteró de lo tuyo con Cindy?".

"Lo hizo durante un tiempo. Al principio no lo noté, pero Cindy lo vio una vez y supe que tenía que tener cuidado".

"¿Alguna vez te amenazó?".

"No directamente, pero saber que estaba ahí fuera era incómodo, como mínimo".

Entonces, ¿se sentía incómodo porque le estaban vigilando y no porque estuviera engañando a su mujer con la mujer de otro hombre?

"Déjame preguntarte sobre los intereses de tu hermano".

"¿Quieres decir aparte de los Red Sox?".

"Era un gran fan, ¿no?".

"Intentó que se mudaran a Collier".

"Pensé que estaban construyendo un nuevo estadio aquí".

"No creo que suceda nunca".

"¿Y eso por qué?".

"Solo un presentimiento, eso es todo".

"En cuanto a los intereses comerciales de Elby, sé que antes hablamos de Robert Friedman, pero ¿hay alguien más con quien tuviera tratos que tú creas que fuera de carácter sospechoso?".

"Estoy seguro de que sí. No me metí en sus tratos, pero Friedman es una sanguijuela".

No pudo aportar nada concreto, salvo el color. Me fui de Chadwick sabiendo que tenía que mirar más de cerca a Friedman. Pero lo más importante era tratar de averiguar quién mentía: ¿Fred Baylor o Chadwick? ¿Y por qué?

20

Ahora que era padre, mi simpatía por los padres con hijos enfermos había aumentado. No podía imaginar lo que les ocurre a los que pierden un hijo. ¿Cómo podían superar la pérdida? Se trataba más bien de encontrar la manera de vivir con el dolor en lugar de dejarlo atrás.

Nos dijeron que el padre de Elby Salter se había tomado muy mal la muerte de su hijo. Lo comprendía perfectamente y le había dado tiempo antes de hablar con él.

Salí de Crayton Road y entré en Mermaids Bight, una calle con curvas que daba a Doctors Bay. Pensando en lo atractivo que era decir que vivías en una calle con un nombre tan estupendo, vislumbré el agua entre las monstruosas casas que bordeaban la calle.

Cerca del final de la acera estaba la única estructura de una sola planta de la manzana. Allí vivía Prescott Salter. Me detuve en la entrada y se abrió la puerta principal. ¿Era una empleada de servicio o una enfermera?

"Usted debe ser el detective Luca. Soy Emma. Cuido al señor Salter".

"Encantado de conocerte, Emma".

"Sígame. El señor S está atrás".

Me llevó por un camino adoquinado junto a la casa. Me pregunté qué había en el ADN de los Salter que hacía tabú el interior de sus casas. La bahía brillaba. No era la casa más grande de la manzana, pero no podía imaginar otra con vistas más amplias.

Un barco se abría paso por debajo de Harbor Drive, a mi izquierda. A la izquierda estaba Venetian Village. El bar de la azotea de Bayside estaba vacío. Me preguntaba si se podía oír su música desde aquí cuando oí abrirse una puerta deslizante.

Una andadera golpeó la cubierta delante de Prescott Salter. Emma se quedó cerca pero no le ofreció ayuda.

Enderezó su delgado cuerpo y extendió una mano cubierta de manchas hepáticas.

"Prescott Salter, joven. Es usted detective, ¿verdad?".

"Sí, señor. Homicidios. Me llamo Frank Luca".

"Tome asiento donde quiera, señor Luca, excepto aquí".

Emma sacó una silla directamente al sol y Prescott Salter se acomodó en ella.

"Gracias, Emma. Sospecho que al señor Luca le gustaría hablar en privado". Me guiñó un ojo.

La ayudante se dirigió hacia la puerta. "Los dejo aquí. Avíseme si me necesita, señor S".

Prescott tanteó los botones de su jersey mientras soplaba una suave brisa.

"Ha venido por mi hijo, ¿verdad?".

"Sí, y me gustaría darle el pésame por su pérdida, señor".

"Aceptado. Ahora, ¿por qué no va a lo que quería?".

"En una investigación, nos gusta hablar con los que mejor conocían a la víctima. Habría venido antes, pero soy consciente de lo difícil que es esto para usted y quería darle todo el tiempo posible".

"La vida está llena de dificultades. Cuando llegas a mi edad, solo ir al baño es un reto".

Debería conocer mi historia. "Parece que lo está haciendo bastante bien".

Se oyó un ligero golpe y se abrió una puerta deslizante. Emma llevaba una bandeja con una jarra de té helado. La puso sobre la mesa y nos sirvió vasos. Me miró. "Es sin azúcar. Hay azúcar en el tazón".

Desapareció en la casa y Prescott tomó el tazón y echó una cucharada en su vaso.

"Ahora, manos a la obra, detective, antes de que intente que me eche una siesta".

Tomé un sorbo y dejé el vaso. "Parece usted un hombre al que le gusta ir al grano".

"En efecto, es así. Nunca acabé de entender toda esa cháchara tortuosa que se monta la gente para llegar a lo que realmente quiere decir".

Ser detective sería frustrante para él. "¿Quién cree que podría haber asesinado a su hijo?".

Se quitó una gota de condensación que había caído de su vaso sobre su suéter. "Tengo ochenta y tres años, detective. ¿Cómo voy a saberlo?".

"Esperaba que tuviera alguna idea sobre sus intereses comerciales".

"Mi hijo era un hombre adulto. Tomó sus propias decisiones".

"¿Estaba de acuerdo con esas decisiones?".

Sus ojos color avellana brillaron. "Parece que tiene algo de inteligencia, detective. Debería saber que no hay dos personas que estén de acuerdo en todo".

¿Algo de inteligencia? "Señor Salter, estoy seguro de que un hombre de su intelecto entendería el significado de mi pregunta".

"*Touché,* detective".

"¿Hubo decisiones de negocios en particular con las que estuvo en desacuerdo?".

"La familia Salter tiene extensas posesiones en todo el sudeste y en Florida, donde hemos estado desde la formación de este gran estado. Mis hijos, como los hijos de mis antepasados, cometen errores. Es tan simple como eso. Es un hombre adulto y, como todos nosotros, debe vivir con las consecuencias".

Aquello parecía estar en desacuerdo con el hombre y la familia que habían establecido un fideicomiso con reglas. Pero era un anciano que se enfrentaba a la pérdida de su hijo. Tal vez era su manera de lidiar con el dolor.

"Tengo entendido que perdió a una hermana hace años".

Parpadeó dos veces. "¿El propósito de su visita es manchar el nombre Salter?".

"En absoluto, señor. Soy un detective de homicidios investigando el asesinato de su hijo. No estaría haciendo mi trabajo si no explorara cada conexión con un caso".

"Florence desapareció hace más de cuarenta años. Demasiada conexión, detective".

Emma salió de la casa. "Disculpe, señor S, es hora de la píldora".

Le dio un puñado de medicinas y observó cómo se las tomaba antes de volver a entrar.

"No se haga viejo, hijo".

"¿Hay algo que crea que deberíamos investigar? ¿Algún interés personal o empresarial que pueda tener algo que ver con el asesinato de su hijo?".

"He pensado en esto más que en cualquier otra cosa en mi vida. No tenía sentido. Elby era un buen hijo, no perfecto, pero ¿quién demonios lo es?".

"Le agradezco su tiempo, señor Salter. Resolveremos este homicidio".

Extendió una mano. "De preferencia, rápida y discretamente".

21

MARY ANN SALIÓ DEL DORMITORIO, CON EL PELO Y JESSICA envueltos en toallas. En el sofá, le dije: "Trae a la niña".

Mary Ann puso a Jessie en mis brazos. Inhalé profundamente. El olor de un bebé limpio reafirmaba la vida. Los ojos de Jessie se cerraban.

"Di buenas noches a papá".

Besé a mi hija y se la pasé a Mary Ann, que dijo: "¿Qué estás viendo?".

"Oh, esto es bueno. Es un documental sobre un grupo secreto llamado Bilderberg. Ya me conoces, no me trago las teorías de la conspiración, pero este grupo lleva funcionando desde principios de los cincuenta".

"¿Qué hacen?".

"Según esto, están muy metidos en las políticas públicas de todo el mundo. Toman decisiones que afectan a todo el mundo".

"¿Cómo es que nunca oímos hablar de ellos?".

"Están locos por el secretismo".

"¿Qué hay de su dicho de que la única manera de mantener un secreto entre dos personas es cuando uno de ellos está muerto".

"Muy gracioso, Mary Ann. Míralo; verás lo que quiero decir. Estos tipos tienen guardias armados en sus reuniones y aviones sobrevolando para mantener la seguridad. No quieren cobertura de la prensa".

"Oh, vamos, Frank. ¿Te lo crees?".

"Es real. Hay todo tipo de gente poderosa en esto".

"¿Como quién?".

"Muchos hombres de negocios y familias poderosas. Incluso figuras del gobierno como Ben Bernanke, el tipo que era el jefe de la Reserva Federal. Era miembro".

"¿En serio? ¿Qué hacen en esas reuniones?".

"Nadie lo sabe con seguridad, pero dicen que se reúnen para discutir lo que quieren que se haga en todo el mundo, cosas como un gobierno común o usar el mismo dinero. Algo así como lo que intentan hacer en Europa".

"¿Cómo podrían hacer eso?".

"Son gente poderosa, Mary Ann. Si un tipo como Bernanke decide hacer algo con la política monetaria de Estados Unidos, se hará, y el mundo le seguirá. Créeme. Y digamos que si todos los empresarios se ponen de acuerdo para invertir en convertir el agua de mar en algo potable o en construir más o menos parques, se hace".

Una imagen del viejo Salter me vino a la cabeza: lo que el sheriff Morgan había dicho sobre los Salter trabajando para hacer de este lugar lo que era.

"Tengo que llevarla a la cama".

"Buenas noches, Jessie".

Volví a la televisión. Que grupos como este existieran me fascinaba.

Había una taza de café en mi escritorio pero no estaba Derrick en la oficina. Tomé la taza y estaba caliente. Sorbí el café y miré mi bandeja de entrada, buscando algo de los forenses y preguntándome si los Salter formaban parte de una organización secreta.

No había nada. Aún no habíamos identificado el cadáver del puerto deportivo. Todo parecía indicar que se trataba de un inmigrante sin papeles. ¿Quién era este tipo? La única pista que teníamos era un tatuaje con la palabra Libertad. No ayudaba mucho a saber quién era o por qué lo habían matado.

La única pista sobre el asesinato, si es que puede llamarse así, fue el avistamiento de una embarcación que había entrado en el puerto deportivo a última hora de la noche anterior al descubrimiento del cadáver. Llevaba las luces encendidas y se le había visto salir de la zona del muelle donde se encontró el cadáver. Eso era todo lo que teníamos. Casi nada.

Derrick entró en la oficina agitando un puñado de papeles.

"Friedman está endeudado hasta las cejas. Su casa está por ser embargada".

"Interesante".

"¿Interesante? ¿Quieres saber lo que es interesante?".

"Ve al grano, Derrick".

"Presentó una demanda contra nada menos que Elby Salter".

"¿Qué? ¿Cuándo fue esto?".

"Dos semanas antes de que fuera asesinado".

"¿En qué se basó?".

"Este es un resumen que obtuve de la presentación judicial. Afirmó que Salter renegó de las promesas que hizo de pagar a Friedman una cuota de salida si terminaban la sociedad".

"¿Estaba en un contrato o algo así?".

"No. Todo verbal, según Friedman".

"Suena como si fuera un mosquito buscando chupar sangre, apostando a que Salter pagaría para hacerlo desaparecer".

"Y no funcionó, así que lo mató".

"No sé si saltó de una demanda a un asesinato, pero es una línea que tenemos que seguir. Algo tendría que haber pasado para motivar a Friedman a pasar de intentar sacarle dinero a asesinarlo".

"Necesitaba dinero. ¿Qué otra razón necesita?".

Tenía razón. Había puesto una buena cantidad de asesinos codiciosos tras las rejas. "Amén. Tenemos que interrogar a Friedman. ¿Por qué no nos dijo que había demandado a Salter?".

"Porque sabía cómo se vería".

"No lo sé. Entonces, demanda a Salter, y asumimos que no salió como él quería. Friedman no consigue nada, o lo que él ve como insuficiente, y está tan disgustado que contrata a alguien para matar a Salter. Ya ha pasado antes. Alguien recurre al sistema para corregir lo que cree que es un error, y cuando el resultado no es el que espera, hace justicia con sus propias manos".

"Es más que plausible. Además, Friedman es un charlatán".

"Tendría que estar desesperado para pasar de mercachifle a asesino. Es un salto enorme. Necesitamos cavar tan profundo como podamos; ver si hay evidencia de violencia en su pasado. Si hay algo ahí, entonces esto se convierte en un escenario posible".

"Estoy en ello, Frank. Veré qué hay ahí".

"Todavía tenemos que averiguar sobre la nueva novia de Elby, Sue".

"¿Tienes alguna idea de cómo rastrearla?".

"Nunca conocí a una mujer que no supiera quién era su rival".

"Amén. Lynn sigue sacando el tema de Valeria de vez en cuando".

"Creo que empezaremos preguntando por ella a la mujer de Elby, a Cindy Baylor y a la francesa".

"Tal vez Weaver conozca a otras con las que salió".

22

DERRICK ESTABA LEYENDO EL PERIÓDICO CUANDO ENTRÉ. Lo metió en un cajón.

"Buenos días, Frank".

"Buenos días. ¿Lees el periódico para deprimirte?".

"Me gusta estar al tanto de los sucesos locales. Oye, ¿sabías que el acuerdo para el nuevo estadio de los Red Sox se ha frustrado?".

Tomé un sorbo de café. "No. ¿Qué ha pasado?".

"Algo sobre los promotores y el contrato de los terrenos".

"¿Cuándo ocurrió?"

"El artículo decía que ayer".

"Sabes, cuando fui a ver a Chadwick Salter, me dijo que no iba a suceder. Pero eso fue hace más de una semana. ¿Cómo pudo saberlo?".

"Tienen conexiones, ya lo sabes".

Ciertamente lo sabía. "Quiero que indagues; averigua quién estaba detrás de anular el trato. Quién estaba involucrado, cómo acabaron con lo que parecía un trato hecho, y por qué. Apuesto a que los Salter están involucrados".

"Podría ser, pero si lo están, ¿cuál es la importancia?".

"Si lo supiera, ya lo estaríamos investigando. A ver qué averiguas".

Era posible que lo del estadio estuviera relacionado. Elby era un gran fan de los Red Sox. Quería al equipo y a los jugadores que amaba más cerca. También había aumentado su perfil con el equipo, la ingeniería de un acuerdo para un nuevo estadio lleno de comodidades.

¿Interfirió en los intereses de alguien? Poderosos intereses empresariales opuestos a trasladar el equipo fuera de Fort Myers se resistirían. Podría ser uno de ellos. Luego estaban los que se oponían a tener el equipo en Collier.

¿Se opuso al acuerdo la propia familia de Elby debido a sus intereses, y con Elby muerto, mataron el acuerdo? Había cientos de millones de dólares en juego. A fin de cuentas, el deporte era un gran negocio. Los deportes y la lealtad a un equipo ocupaban una obsesión malsana en una buena porción de la población. ¿Podría el traslado de un equipo incitar a un aficionado inestable al asesinato? Parecería descabellado para la mayoría de la gente, pero no para un detective de homicidios.

DERRICK ENTRÓ en la oficina sacudiendo la cabeza.

"No hay nada. El tipo no pudo identificar el cuerpo de la marina como el hombre que vio la noche que Salter fue asesinado".

"Maldita sea. Esperaba que pudiéramos dar con él. ¿Cómo demonios vamos a resolverlo si ni siquiera sabemos quién es?".

"No tengo la menor idea".

"Si no está conectado con el caso Salter, entonces lo ponemos sobre la mesa. Tarde o temprano alguien vendrá a buscar a este tipo. Dile a Sally que ponga una alerta estatal que coincida con lo que tenemos del cuerpo. Tal vez alguien archivó una persona desaparecida que coincide con nuestro cadáver".

EL COMEDOR de Quail Creek estaba más bullicioso y ruidoso de lo que recordaba. Me dirigí a la misma mesa en la que Friedman había estado la última vez, casi sin necesidad de ponerme las gafas de sol. Friedman llevaba una chamarra deportiva amarilla y parecía un canario. Sus carillas de porcelana destellaban un blanco LED mientras charlaba con una camarera.

Dejó un vaso de líquido de color café con una cereza cuando me vio.

"¿Cómo nos va hoy?".

"Todo bien, Friedman".

"Siéntate. ¿Quieres algo?".

"No, gracias".

"¿Qué pasa con el caso Elby?".

"Tengo un par de preguntas para ti".

Le dio un sorbo a su bebida. "Pregunta".

"¿Cómo es que nunca me dijiste que presentaste una demanda contra Elby Salter?".

"¿Cuál es el problema? Déjame decirte que él era el demandado en muchos procedimientos".

Tendría que regresar a ese tema luego. "Limitémonos al que tú presentaste".

"¿Me estoy perdiendo algo, detective? Teníamos un negocio y lo demandé. Por desgracia, no es un hecho inusual entre socios".

"Presentaste la demanda dos semanas antes de que fuera asesinado".

"¿Cómo podía saber que alguien lo mataría? No ayudó exactamente a mi caso el que él quedara fuera de escena".

"¿Estabas tratando de extorsionarlo?".

"¿Extorsionarlo? Eso es una locura. Presenté una demanda para resolver nuestras diferencias".

"Mis fuentes me dicen que fue una presentación frívola destinada a conseguir que Salter llegara a un acuerdo".

Friedman entrecerró los ojos. "¿Frívola? ¿Tienes idea de las promesas que me hizo?".

"Tengo entendido que alegas que esas promesas se hicieron verbalmente".

"Eso no las hace menos válidas. Los tribunales consideran los contratos verbales todo el tiempo".

"Necesitabas el dinero, ¿no?".

"Por supuesto que sí. Tengo sesenta y cinco años. Si no, ¿por qué iba a involucrarme en un caso judicial si no era necesario?".

Tenía sesenta y siete, pero lo dejé pasar; la mentirilla encajaba con su aspecto físico. "Tengo entendido que tienes problemas económicos".

"La vida tiene sus altibajos. Ahora mismo, estoy de capa caída, pero me recuperaré. Siempre lo hago".

"Tu casa está en proceso de embargo".

"Es una casa, eso es todo. No me preocupan las cosas materiales en esta etapa de mi vida".

Quería preguntarle si alguna vez había pensado en ahorrar algo del dinero que ganaba. "¿Intentaste resolver el desacuerdo antes de ir a juicio?".

"Por supuesto, lo intenté. No quiso ni oír hablar de ello. Éramos amigos, no íntimos, pero amigos al fin y al cabo. Me decía que los negocios son los negocios, que tenía que mantener las cosas separadas".

"Eso debió enfadarte".

"Por supuesto que sí".

"¿Lo suficiente como para buscar venganza?".

"Mira, llevé mis quejas a un abogado y lo demandamos. Eso es todo lo que hice".

Friedman no era del tipo que hubiera disparado a Salter él mismo, pero ¿podría haber contratado a alguien para hacerlo?

"Has hecho negocios con un par de personas pintorescas en tu carrera".

Suspiró. "¿Vas a sacar a colación el negocio de cumplimiento? Eso fue hace veinte años".

"Fuiste socio de los hermanos Salido, uno de los cuales cumple cadena perpetua por homicidio".

"Oh, vamos. Necesitaba servicios de almacenaje y de recogida y empaquetado en Nueva Jersey. Todo es sindicato; no podrías hacer nada sin ellos".

"¿Le pediste a los Salido que te ajustaran las cuentas?".

Sus hombros se hundieron. "No, eso es una locura. Soy un anciano; ¿cuánto tiempo crees que me queda?".

El tiempo pasaba deprisa, pero Friedman había pisado el acelerador. "Háblame de algunas de las otras demandas que se presentaron contra Elby Salter".

Su vigor volvió. "No conozco muchos detalles, pero Elby tenía la costumbre de prometer cosas a la gente, como hizo conmigo. Enfurecía a la gente". Hizo una pausa antes de decir: "Oí que también lo usaba con las mujeres".

"¿Tienes algún detalle específico?".

23

DERRICK ENTRÓ EN LA OFICINA MIENTRAS YO COLGABA EL teléfono.

"Supongo que no es una sorpresa que Chadwick sea el albacea de la herencia de su hermano".

"Podría haber sido el viejo".

"No, la gente como los Salter son maestros planificadores. Prescott probablemente lo fue en algún momento, pero lo dejó pasar. Tiene sentido".

"¿Qué dijo Chadwick?".

"En resumen, todos los bienes de Elby fueron o van al fideicomiso de la familia Salter. Annabelle está recibiendo algo, pero no quiso dar detalles. Tenían un acuerdo prenupcial, y Elby tenía un testamento".

"¿No puede impugnarlo? Estuvieron casados como veinte años. Es mucho tiempo".

"Podría, pero sería una pérdida de tiempo y dinero en abogados".

"¿Qué hay de la demanda de Friedman? ¿Dijo algo sobre eso?".

"No específicamente, pero dijo algo interesante cuando lo

mencioné. Dijo que cualquier proceso judicial pendiente sería desestimado o resuelto si había base legal para ello".

¿"Cualquier proceso pendiente"? ¿En cuántos pleitos podrían estar implicados?".

"Exactamente lo que estaba pensando. Ahora, tenemos que recordar que estas personas están involucradas en un montón de acuerdos, y es inevitable que haya desacuerdos. Qué tan profundas y emocionales son esas diferencias es lo que me interesa explorar".

"¿Deberíamos hacer una búsqueda?".

No quería decirle que ya deberíamos haberlo hecho. "Sí, quiero ver qué hay ahí fuera, tanto civil como penalmente".

24

CRUCÉ LOS BRAZOS SOBRE EL PECHO Y ME FUI A UN RINCÓN DE la habitación. La endeble bata no era rival para el aire acondicionado. Me repetía a mí mismo que era un procedimiento menor, pero teniendo en cuenta mi lucha contra el cáncer, un malestar estomacal era motivo de preocupación. Si yo estuviera al mando, me aseguraría de que te dieran un Valium antes de hacer el papeleo.

Fue difícil distraerme mientras esperaba. Concentrarme en Jessica duró apenas un par de minutos. Cambiando de tema, pensé en el caso Salter. El hecho de que Elby Salter hubiera estado detrás del trato de los terrenos del estadio tenía que ser una pista importante. Era algo que le apasionaba, y se revirtió a las pocas semanas de su muerte.

Poderosas fuerzas estaban alineadas contra el acuerdo, incluyendo su propia familia. ¿Hasta dónde llegarían para impedirlo? No había escasez de recursos a su disposición, pero ¿su arsenal incluía un asesino?

La frase que Michael Corleone le dijo a Kate en *El Padrino* sobre su ingenuidad ante los políticos que ordenaban asesinatos me vino a la mente cuando una enfermera asomó la cabeza.

"Venga conmigo, señor Luca. Ya están listos".

Puede que ellos sí, pero yo no. Entré tras ella en una sala muy iluminada y salté a una camilla. Me pusieron una vía intravenosa y lo último que recuerdo es la imagen de Michael Corleone junto a un Cadillac negro de los años cincuenta.

"¡MARY ANN! ¡MARY ANN!".

Ella entró en el dormitorio sosteniendo a Jessie. "¿Qué sucede?".

"No puedo salir de la cama".

"¿Qué?".

"Cada vez que me muevo, tengo esta sensación punzante como si alguien me clavara un cuchillo en las tripas".

"Es completamente normal. ¿No recuerdas lo que dijo el médico?".

Me encogí de hombros. "Ayúdame a mover las piernas fuera de la cama".

"Tienes que moverte. Te lo dijeron, Frank".

"Pero duele muchísimo".

"Te pondrás bien. Se te pasará. No te preocupes. ¿No es eso lo que dijiste cuando estaba de parto?".

"Ja, ja. ¿Sabes qué? No me ayudes. Me levantaré yo solo".

Mary Ann sacudió la cabeza y salió del dormitorio.

¿Qué, se había olvidado de que me habían puesto tuberías nuevas? Tal vez esa era la razón por la que me dolía tanto. ¿Le pido un poco de ayuda y se pone como una instructora norcoreana?

Acerqué las piernas al borde de la cama. Apoyé una mano en la mesilla y me levanté tan despacio como una mala hierba. El pellizco era doloroso, pero mantuve la boca cerrada. De pie me sentía mejor. Me dirigí al baño arrastrando los pies con un dolor mínimo, temiendo tener que sentarme para orinar.

Afortunadamente, ir al baño no fue tan malo como temía. Me lavé y me dirigí a la cocina.

"Aquí viene papá, Jessica".

Quería cogerla en brazos, pero el médico dijo que no podía levantarla. Le di un beso y me acerqué a la cafetera.

"¿Te encuentras bien?".

"Sí".

"Mira, lo único que tienes que hacer es moverte un poco y en un par de días volverás a la normalidad".

En lugar de decir nada, asentí con la cabeza, puse una cápsula en la cafetera y guardé su frase sobre moverse un poco para el futuro.

ESTAR en casa y no sentirse bien no era un picnic. Prefería estar trabajando. Al menos el tiempo volaría, y haría algo útil con el día. Jugar con Jessie era divertido, pero me aburría después de media hora. No debía conducir ni salir de casa.

La terraza era el lugar perfecto para una siesta. Me recosté en una tumbona y esperé poder dormir una hora. Intenté calmar mis pensamientos, pero eso solo parecía funcionar cuando estaba completamente cansado. Antes de que terminara el latido de mis tripas, volví a pensar en el caso Salter.

Había mucho trabajo por hacer. Derrick estaba fuera entrevistando, y aquí estaba yo de espaldas. Lamentando haberme operado de la hernia, me levanté despacio y me dirigí al estudio. Conectándome al escritorio de mi despacho, saqué un número de teléfono y marqué.

"¿Fred Baylor? Soy el detective Luca".

"Sí. ¿Cómo te va?".

No necesitaba saberlo. "Bien. Quería hacerte una pregunta".

"Realmente no es un buen momento. Tengo que asistir a una reunión".

"Lo siento. Será solo un momento".

"De acuerdo, adelante".

"¿Seguiste a Chadwick Salter?".

"Mira, te dije lo de seguir a Elby. Fue estúpido, pero eso fue todo".

"Entonces, ¿no seguiste a Chadwick Salter?".

Una pausa lo suficientemente larga como para atarse una zapatilla. "No, no lo hice".

"¿Seguro que no quieres reconsiderar esa respuesta?".

"Nunca le acosé".

"Es curioso, porque él dijo que sí lo hiciste y que tu exmujer, Cindy, lo sabía".

"No fue nada parecido al acoso".

Ah, el importante calificativo. "¿Entonces qué fue?".

"Los seguí dos veces; eso fue todo. Entonces me di cuenta de lo idiota que estaba siendo. No era la mujer con la que me casé. Tenía que estar loco para que ella me importara una mierda. Cometer un error una vez, tal vez, pero ahí estaba ella con otro".

"Quiero creerte, Fred, de verdad, pero ¿por qué no confesaste la primera vez?".

"¿Sabes lo embarazoso que es esto?".

"¿Por qué no me lo dijiste?".

"Quería hacerlo, lo juro. Tenía miedo, eso es todo".

Jurar había perdido su caché. "Con todas las mentiras que has dicho, debería arrestarte por obstrucción".

"No, por favor. Juro que no tuve nada que ver con lo que le pasó a Elby Salter".

"Si descubro que has vuelto a mentir, iré por ti con fuerza".

El hecho de que acosara a Chadwick, también lo bajó un peldaño en la escala de sospechosos, Baylor era uno de esos tipos que pensaba que podía mentir a la policía y salirse con la suya. La realidad era que descontaba cada otra palabra que pronunciaban.

25

Le conté a Derrick la llamada anónima que acababa de recibir.

"¿Por qué llamó este tipo, Frank?".

"No lo sé. Tal vez se quedan con parte del dinero si no tienen que pagar un reclamo".

"Probablemente sea eso".

"No me importa. Me alegro de que lo haya hecho".

"¿Va a recibir diez millones?".

"Sí, el valor nominal del seguro de vida era de cinco millones, y el asesinato califica como una muerte accidental. Tenían cobertura para ello, y el beneficio se duplicó".

"Eso suena como una fuerte motivación, pero cinco millones no es mucho para gente como ellos".

"Sin duda, pero no olvides el tipo de matrimonio que tenían. Este tipo se tiraba todo lo que podía. Annabelle lo sabía, no podía hacer nada al respecto. Tal vez se sentía atrapada".

"Sí, si se divorciaba de él, seguro que perdía lo que le daban".

"¿Quién pagaba la prima? Tenía que ser caro".

"¿Era una póliza de ser segundo en morir? Mucha gente casada tiene pólizas de ese tipo".

Yo estaba casado ahora y no tenía ningún seguro de vida. Temía que mi historial de cáncer lo hiciera prohibitivo, pero si algo me ocurría a mí o a los dos, Jessie necesitaría dinero. Era algo que tenía que atender.

"No, era solo sobre ella. Tal vez el fideicomiso tenía suficiente seguro de vida sobre él".

"Tiene sentido tener un seguro de vida cuando estás casado. ¿Fue entonces cuando ella se cubrió?".

"No, la póliza fue escrita hace seis años".

"¿Qué precipitó eso?".

"Es una de las preguntas que tengo".

Era otro lugar del que nunca había oído hablar, el Museo del Depósito de Naples. El antiguo depósito de trenes estaba decorado al estilo mediterráneo, a pesar de su misión de educar sobre los tejemanejes de los locos años veinte.

Cuando entré, vi a Annabelle. Estaba hablando con otra voluntaria delante de un vagón de mulas restaurado. El vehículo de madera parecía nuevo. Entré demasiado deprisa y sentí una punzada en el estómago. Un pequeño grupo de niños estaba reunido frente a una exposición interactiva. Su entusiasmo me hizo querer traer a Jessie aquí.

Annabelle saludó con la mano.

"Es un sitio genial. No sabía que existiera".

"Lo sé. La mayoría de la gente no sabe nada de todos los museos que tenemos en Collier. Es un gran lugar para ser voluntaria".

"A los niños parece gustarles".

"Tenemos un hermoso auto restaurado en la parte de atrás.

Te haces una buena idea de cómo Naples pasó de ser un pueblo dormido en la década de 1880 a lo que es hoy".

"Cuando mi hija sea un poco mayor, la traeremos".

"Avíseme. Le daré un trato VIP".

Era una persona diferente a la que conocí en su casa frente al mar. "Gracias. ¿Por qué no hablamos fuera?".

"Gracias por reunirse conmigo aquí. Con todas las cajas, la casa está patas arriba".

"¿Se muda?".

"Sí. La casa está a nombre del fideicomiso".

"¿Quién la va a ocupar?".

"La verdad es que no lo sé. Pero a Chad siempre le gustó la casa".

"Pero está justo al lado".

"Sí, pero esta es la joya de la corona Salter. La casa de Chad es, bueno, digamos que no es tan prominente".

"¿Chadwick es envidioso?".

"Competitivo sería una mejor manera de describirlo".

Interesante. "Ya veo. ¿Se oponía Chadwick a que Elby intentara trasladar los Red Sox a Collier?".

"Al principio, Elby hizo algún comentario que le hacía pasar un mal rato, pero no era nada parecido a los otros locos que salieron de la nada".

"¿Qué quiere decir con eso?".

"Elby recibió dos o tres cartas por correo con amenazas sobre el traslado del equipo".

"¿Tiene las cartas?".

"No. Elby las descartó. No las tomó en serio".

"¿Y usted?".

"La verdad es que no. Me enseñó una y parecía que la había escrito un niño. Dijo que el equipo recibía todo tipo de cartas de aficionados enfadados por esto o aquello".

"La gente sí se toma en serio el deporte".

"Muy cierto, y a costa de las artes".

"Quería preguntarle por el seguro de vida de su marido".

No hubo respuesta. "¿Qué pasa con él?".

"Parece inusual que la familia Salter tenga un seguro fuera del fideicomiso".

"¿Qué tiene de inusual que una esposa sea la beneficiaria de una póliza de su marido?".

Era una buena pregunta, pero yo tenía la placa. "Tengo entendido que, con la cláusula de accidentes, va a recoger diez millones de dólares".

"Sí, es correcto".

"¿Cuándo obtuvo la póliza?".

"Hace unos siete años".

"Y estuvieron casados unos veintitrés años, ¿correcto?".

"Veinticuatro".

"¿Por qué esperaría diecisiete años para contratar un seguro de vida? Tenía que ser más barato cuando era más joven".

"No es ningún secreto que no tuvimos el mejor de los matrimonios. El tiempo pasaba y yo me sentía expuesta, sobre todo sin hijos. Sin nadie que continuara el apellido Salter, la familia me descartó".

"Pero tengo entendido que hay disposiciones en el fideicomiso para cuidar de usted si algo le ocurriera a Elby".

"Mire, desperdicié años de mi vida. Eso no es justo. Al principio las cosas iban bien. Pero cuando se hizo evidente que yo era incapaz de tener a sus hijos, las cosas empezaron a desmoronarse".

"¿Y le presionó para que le diera seguridad?".

"Podría decirse así. Aunque yo lo expresaría como que se lo ganó".

"¿Por qué no simplemente se divorciaron?".

"Me gustaría poder responder a eso".

"¿Tuvo algo que ver con la muerte de su marido?".

"Absolutamente nada".

"¿Qué cree que le pasó?".

"Elby tenía atributos que estaban destinados a meterlo en problemas".

"¿Se refiere a sus diversas aventuras?".

Empezó a decir que no, luego dudó. "Eso fue parte de ello".

"¿Qué iba a decir?".

"Nada. No tengo nada más que decir".

"Vamos, señora Salter. Estamos investigando el asesinato de su marido. Cada pizca de información es importante".

"Elby era un buen hombre, pero tenía sus defectos como el resto de nosotros".

"¿Fueron las drogas o el alcohol?".

"No".

"¿Apuestas?".

"No, Elby tenía demasiado respeto por el dinero".

"¿Pornografía?".

Ella negó con la cabeza. "No".

Ella ocultaba algo. ¿Qué era?

"¿Qué sabe de la desaparición de la tía de Elby, Florence?".

"No mucho. La familia casi nunca hablaba de ella".

"¿Qué se especulaba sobre lo que le había sucedido?".

"No lo sé, pero Prescott insinuó que no era mentalmente estable y que se había metido en problemas".

"¿Alguna idea del tipo de problemas?".

"Ninguna".

"De acuerdo. ¿Seguro que no tiene nada que añadir sobre Elby?".

Ella desvió la mirada y negó con la cabeza.

Estaba ocultando algo, pero la cuestión era si ayudaría al caso o era un asunto personal.

26

Derrick y yo nos subimos al Cherokee. Antes de que pudiera procesar la entrevista con Annabelle, se abrió un enorme agujero en la historia de Fred Baylor.

"¿Cómo se siente la hernia?".

"Apenas la siento. Sé que está ahí, pero ya no me molesta".

"Estupendo. Entonces, dime lo que dijo la esposa de Salter".

"Hay algo ahí. Annabelle estaba escondiendo algo".

"¿Qué dijo?".

"Es lo que no dijo. Eso y su lenguaje corporal".

"Podría ser cualquier cosa. Tal vez al tipo le gustaba el sexo pervertido, y ella no estaba de acuerdo".

"Podría ser. Nunca pensé en eso. Le pregunté acerca de la pornografía, y ella dijo que no, pero la forma en que sacudió la cabeza: tal vez fue algo como lo que estás diciendo".

"Entonces, ¿no crees que haya algo en su cobro del seguro de vida?".

"No, ella era demasiado práctica al respecto. Y si lo piensas, realmente es bastante normal, sobre todo porque había un acuerdo prenupcial y límites en el fideicomiso".

"Pero son diez millones de dólares. Y el momento".

"Podría ser simplemente por sus edades. Tú estás detrás de mí unos cuantos años. Estoy pensando de manera diferente en estos días. Pero lo que creo que valdría la pena investigar es cualquier cosa que podamos encontrar alrededor del momento en que se compró la póliza".

"Eso fue hace siete años".

"Por lo tanto, imaginemos el momento en que la solicitaron, el proceso de suscripción, exámenes de salud. Yo diría que de siete años a seis meses después de que entró en vigor".

"¿Qué crees que deberíamos buscar?".

"Cualquier cosa financiera que sobresalga. No sé lo que podemos conseguir en ese frente, pero tenemos que husmear. Eso y cualquier cosa material en la vida de Elby Salter y la familia también. El viejo y su hermano".

Derrick se detuvo frente al edificio de oficinas de Fred Baylor.

"Me pondré a ello en cuanto acabemos aquí".

Contuve la respiración al pasar junto a los fumadores de la entrada y casi choco con Fred Baylor. Cabizbajo, tecleaba en su teléfono mientras salía del ascensor.

Si alguien parecía que iba a vomitar, era él.

"Uh, ¿qué pasa?".

Derrick dijo: "Tenemos que hablar contigo".

"Eh, no puedo. Estoy de camino a ver, ah, a ver a un cliente".

"¿Podemos subir a tu oficina?".

"No, no. Eso no funcionará".

"Hay un Starbucks en Waterside al que podemos ir".

"Preferiría que no. Como dije, tengo una reunión que atender".

Derrick dijo: "Podemos hacerlo en el centro si quieres, en una sala de entrevistas".

A Baylor se le fue el color de la cara. "Eso no es justo. Yo no he hecho nada".

Señalé una mesa de picnic vacía. "¿Por qué no vamos allí a charlar un rato? No da el sol".

Derrick y yo nos sentamos frente a Baylor en bancos de hormigón. Era duro para mi trasero, pero el fresco me sentaba bien. Baylor agachó la cabeza.

"Sé que no te conté todo, pero tienes que entender el ridículo en el que me dejó".

Le dije: "¿Tan ridículo como para salir y matar a Elby Salter?".

"No podría hacer algo así".

Derrick dijo: "Le dijiste al detective Luca que estabas en casa la noche que Elby Salter recibió un balazo en la cabeza".

"Sí, ahí es donde estaba".

"Me dijiste que te acordabas porque era martes y te pasaste con la bebida mientras jugabas boliche la noche anterior".

Asintió.

"¿Y estuviste en casa toda la noche?".

"Sí, solo vi algo de televisión y me fui a la cama".

Derrick dijo: "Es hora de confesar. ¿Dónde estuviste esa noche?".

"En casa. Juro que estaba allí. Tienen que creerme".

"Lo haríamos, pero tenemos este pequeño problema: uno de tus vecinos te vio irte esa noche".

"¿Qué? ¿Cómo pudieron?".

"No contabas con que alguien que sacaba la basura te viera, ¿verdad?".

"No fui yo".

"Vamos, señor Baylor, tenemos un testigo ocular".

"Puedo explicarlo".

ESTÁBAMOS en casa de nuestros vecinos para una parrillada. Aparte del bautizo, nos habíamos quedado solos, creyendo, como la mayoría de los padres primerizos, que teníamos que proteger a Jessica de pillar algo. Era una reunión pequeña, solo los vecinos sin hijos y uno de sus padres.

Me caían bien Phil y Marlene; eran gente normal. El padre de Phil, Marty, estaba allí. A sus noventa y dos años era una inspiración. Tenía mejor memoria que yo y caminaba casi dos millas cada día.

Mary Ann exhibió a Jessie como la princesita que era. Mi corazón se llenó de orgullo mientras Jessie no dejaba de sonreír. Después de encantar a nuestros anfitriones, nos dirigimos al patio.

El padre de Phil dijo: "Frank, ven a sentarte aquí a mi lado".

Miré a Mary Ann. Asintió con la cabeza. Me acomodé en una silla acolchada junto a Marty con mi copa de vino.

"Cuéntame qué está pasando en la oficina del sheriff. No te veía desde justo antes de que escapara ese asesino en serie".

"Estuvo cerca. Sabes, no se lo digas a nadie, pero si esos tipos desaparecieran, tendrían más posibilidades de salirse con la suya".

"Sabes, estuve en la marina con este tipo, creo que su nombre era Bruce o Brendan. Era mayor que yo, y era detective de homicidios, como tú. En fin, una noche estábamos juntos de guardia nocturna, y me dijo que si alguien iba a otra ciudad y mataba a alguien que no conocía, y no había testigos, se saldría con la suya".

Había algo de verdad en eso. Dependíamos mucho de las conexiones para localizar asesinos. "Podría ser, pero ahora tenemos muchas más herramientas con las que trabajar".

"En aquellos días no sabíamos lo que era el ADN".

"En muchos sentidos, cambió por completo la forma en que hacemos nuestro trabajo".

"Entonces, ¿estás trabajando en el asesinato de ese chico Salter?".

"Sí, Elby Salter".

"¿Cómo va?".

No podía decir gran cosa. "Me temo que no puedo hablar de una investigación activa".

"Son una familia poderosa aquí. Tienen sus dedos en casi todo".

"Oí que tenían algo que ver con el terreno donde se construyó el Centro Espacial Kennedy".

"Así es. Eso fue en los sesenta, un par de años después del asesinato de JFK. Fue una época loca para el país".

"Entonces, ¿es cierto que estaban involucrados?".

"Oh sí, tuvo mucha prensa y buena voluntad. Nadie podía decirles nada después de eso".

"Supongo que se lo merecían".

"Ciertamente lo necesitaban entonces. Tenían una hija que causaba muchos problemas y vergüenza".

"Florence, ¿la tía de Elby Salter? ¿La que desapareció?".

"Si me preguntas, ella no desapareció. La echaron o la encerraron".

"¿En serio? Oí que la pobre mujer tenía problemas mentales".

"¿Así es como lo llaman hoy en día? Para mí, no era más que una pedófila".

"¿Una pedófila? ¿Qué te hace decir eso?".

"Mi hijo me decía que no propagara rumores, pero cuando crecí si había un par de rumores siempre resultaban ser ciertos. ¿Me entiendes? Donde hay humo, hay fuego".

"¿Qué tipo de rumores escuchaste?".

"Uno fue cuando era apenas una adolescente. Ella estaba trabajando en un campamento para niños pobres, y uno de los niños dijo algo acerca de que ella lo había tocado. La chica

Salter lo negó, diciendo que no había sido ella, y lo siguiente que se oyó fue que había sido otra persona o que el chico se lo estaba inventando. Si me preguntas, los Salter fueron a los medios para encubrirlo".

"Vaya historia".

"Lo es, pero no es la única. Los Salter proporcionaron mucho dinero para programas infantiles en Immokalee, y hubo un gran revuelo sobre ella teniendo relaciones sexuales con un niño que no podía tener más de doce años".

"¿Se presentaron cargos?".

"La trajeron y la interrogaron, pero se retiraron los cargos. Era su palabra contra la del niño, y recuerdo que el abogado dijo en el periódico que la familia lo hizo para conseguir dinero de los Salter".

"¿Y no pasó nada?".

"No creo que pasara más de un mes cuando se supo que la chica de los Salter había desaparecido".

"Tengo entendido que no hubo mucha investigación al respecto".

"Salió en los periódicos, pero luego desapareció. Los Salter probablemente empujaron la historia fuera de las noticias".

"¿Y nunca se supo nada de ella?".

"No que yo sepa. Por eso digo que tuvieron algo que ver. Son muy poderosos. Podrían haberla encontrado, si realmente estaba desaparecida".

"Esto puede sonar un poco loco, pero has visto muchas cosas aquí abajo. ¿Crees que los Salter son parte de algún grupo que dirige las cosas entre bastidores?".

"¿Te refieres a una sociedad secreta, como los Illuminati?".

"Algo así".

"Es posible. Hay cinco o seis familias que parecen tener las manos metidas en todo".

"¿Como quiénes?".

"Los Hamlets, los Wests, y los Binghams".

Esos eran los hombres de las fotos en la oficina de Chadwick.

27

DERRICK SE PUSO DE PIE EN CUANTO VOLVÍ A ENTRAR EN LA oficina. "Nunca me dijiste lo que Annabelle tenía que decir".

"Dijo que había rumores sobre la tía de su marido, pero eso fue todo. Cada vez que salía su nombre, la conversación se alejaba de ella".

"Fue hace cuarenta años. No veo la conexión".

"A menos que encontremos algo más, deberíamos considerar la posibilidad de que Elby estuviera involucrado en un grupo secreto de algún tipo".

"Eso suena como algo sacado de una película".

"Lo sé, pero deberías ver este documental que vi sobre estos grupos. No recuerdo el nombre, pero búscalo en Netflix. Te hará cambiar de opinión cuando veas los nombres de las personas relacionadas con estos grupos".

"No sé nada de eso".

"Cuando se lo pregunté a Annabelle, no negó la posibilidad. De hecho, dijo que, independientemente de lo que ocurriera, Elby acudía a una reunión el día quince de cada mes".

"Cindy Baylor dijo lo mismo, ¿no?".

"Sí, tenemos que investigarlo".

"¿Dónde se celebraban las reuniones?".

"Ella no tenía ni idea".

"Tenemos que interrogar a Chadwick al respecto".

"Sin duda. Tengo una corazonada sobre un par de hombres que pueden estar en el grupo".

"¿Quiénes son?".

"Había un par de tipos en una foto colgada en la oficina de Chadwick. Esos mismos hombres salieron en el periódico hace un par de semanas poniendo la primera piedra de un nuevo hospital en el este".

"¿Quiénes son?".

"Espera un segundo. Hojeé mi Moleskine. "Robert Hamlet, Michael West y Marshall Bingham".

"¿Quieres ir a verlos?".

"Todavía no. Voy a llamar a Chadwick. ¿Por qué no haces una búsqueda a ver qué encuentras sobre estos señores?".

Me sorprendió que Chadwick atendiera mi llamada tan rápido. Casi esperaba que le dijera a la recepcionista que estaba en una reunión.

"Confío en que estés bien, detective Luca".

"Todo está bien, señor Salter. ¿Cómo estás?".

"Bien, pero ocupado. ¿En qué puedo ayudarte?".

"Tengo entendido que Elby y tú asistían a una reunión el quince de cada mes".

"Yo no lo llamaría reunión, pero nos reunimos mensualmente para jugar al póquer".

"¿Póquer?".

"Sí, un par de nosotros jugamos al póquer descubierto. No son apuestas altas ni nada por el estilo".

"¿Cuánto tiempo llevan jugando?".

"Es una larga tradición".

"¿Viene tu padre?".

"Sí, la mayoría de las veces, si le apetece".

"¿Quién más está en el grupo?".

"Oh, somos unos cuantos".

"Me gustaría un par de nombres".

"Me doy cuenta de que el juego puede no ser legal, pero es una reunión recreativa. No estoy seguro de lo que buscas, detective".

"¿Algunas de las otras personas serían el señor West, el señor Bingham y el señor Hamlet?".

"El señor West no, pero los otros suelen venir. ¿Cómo lo sabes?".

"¿Cuál es el propósito de estas reuniones?".

"Es una reunión social. Jugamos a las cartas y hablamos".

"Si eso es todo, entonces dime por qué Elby se empeñaba en estar allí cada mes, sin importar dónde estuviera. Tengo entendido que regresó de vacaciones varias veces para asistir a la reunión".

"Elby era Elby. No puedo responder por su motivación".

"Desde el fallecimiento de tu hermano, ¿se sigue celebrando la reunión?".

"Sí. Como dije antes, es una tradición".

"¿Dónde se reúnen?".

"Varía mes a mes".

"Dame un ejemplo".

"Puede ser en casa de uno de los miembros o en un club campestre".

"¿Miembros?".

"Es una forma de hablar, detective".

"¿Cómo se llega a jugar? Me gusta jugar al póquer. ¿Podría unirme una noche?".

"Oh, me gustaría que pudieras, pero estamos totalmente comprometidos en este momento".

"¿Pero qué pasa con la plaza de Elby?".

"Ya está ocupada. Lo siento, pero te tendré en cuenta".

Estaba usando tácticas de patio de colegio. Le di las gracias y colgué.

LOS HOMBRES que le pedí a Derrick que investigara eran de familias que reflejaban a los Salter. Los Hamlet tenían granjas de productos lácteos en Wisconsin y poseían un banco y tierras de cultivo en Florida. Los Bingham se dedicaban sobre todo al comercio minorista y habían construido tres de los mayores centros comerciales al sur de Orlando. Los West eran promotores inmobiliarios, tanto comerciales como residenciales.

Me senté en la taza y reflexioné mientras orinaba. ¿Cuál era la conexión entre estos hombres? Cada uno de ellos nos contaba la misma historia sobre jugar al póquer cada mes. Era una razón aceptable, pero no vuelas de vacaciones para jugar a las cartas con tus amigos. Elby ni siquiera engañaría a su esposa el día quince. Algo más que un juego de cartas sucedía en estas congregaciones.

Había preguntas que necesitaban respuestas. ¿Cuántas personas asistían? ¿Eran todos hombres? ¿Cómo entraba alguien en el grupo? ¿Era un grupo secreto de negocios? Tratar de mantener sus tratos dentro de un círculo reducido tenía mucho sentido, y había innumerables ejemplos de empresas que conspiraban juntas para engordar los beneficios y reducir la competencia. ¿Era eso? ¿O era algo de más alto nivel, como el Grupo Bilderberg, donde intentaban controlar la política pública?

Necesitábamos comprobar las conexiones políticas que tenían los Salter y los demás. ¿Estaban influyendo o sobornando a los legisladores? ¿Acabaría esto en Tallahassee o en Washington?

Al subir la cremallera, la idea de que se trataba de algo pervertido recorrió mi mente. ¿Se trataba de una reunión con fines sexuales? ¿Un grupo de intercambiadores de parejas o gente que practica el sadomasoquismo? O peor aún, ¿pedofilia?

Después de echarme agua en la cara, volví a la oficina. La idea de que un grupo de personas de éxito pudiera convertirse en la peor escoria que la sociedad haya visto jamás me ponía enfermo. Menudo mundo para mi hija.

Derrick estaba sentado en la esquina de su escritorio leyendo un documento. "No te lo vas a creer, pero hace siete años se presentó una denuncia contra Elby Salter".

"Vale. ¿Me vas a decir por qué?".

"Sexo con una menor".

28

"¿ME ESTÁS TOMANDO EL PELO? ¿SEXO CON UNA MENOR? ¿QUÉ pasó con la acusación?".

"La denuncia fue retirada. Saqué el expediente y la madre dijo que su hija había mentido sobre lo que pasó".

"¿Cómo se llama la mujer?".

"Christina Matthews".

"¿Y esto fue hace siete años?".

"Sí, el 11 de diciembre de 2012 era la fecha de la denuncia".

"Tenemos que hablar con esta mujer. ¿Dónde está viviendo?".

"La estoy rastreando".

"¿Qué, estos Salter tienen un defecto genético o algo que les atrae a los niños?".

"Si esto es cierto, es realmente asqueroso".

"Empiezo a preguntarme si el grupo que se reúne el día quince gira en torno a algún retorcido asunto sexual con menores".

"¿Eso crees? Son muchos, y todos destacados".

"En Jersey desarticulamos una red de pornografía en la que participaban un par de directores ejecutivos. Uno de ellos estaba en la CNBC todo el tiempo dando consejos. Te lo digo, cuanto más tiempo estoy en el planeta, más me convenzo de que nunca conoces realmente a nadie".

"Probablemente tengas razón, pero con un par de exclusiones. Estoy bastante seguro de que te conozco a ti, a Mary Ann, a Lynn y a mis padres, más o menos al dedillo".

"Te concedo eso, pero muchas veces la gente ve signos preocupantes en los demás y, por la razón que sea, los deja de lado. Por eso tenemos más tiroteos masivos de los que deberíamos".

"Vivimos en un mundo donde todo es posible. Especialmente en nuestro negocio".

"Como dicen, la vida es más extraña que la ficción. Mira, quédate en esta mujer Matthews. Voy a visitar a Annabelle y ver que tiene que decir sobre esto".

———

ANNABELLE ESTABA ASISTIENDO a un almuerzo en el Naples Grand Beach Resort. El hotel estaba al final de Pine Ridge Road, junto al estacionamiento de la playa de Clam Pass, donde hace un par de años se descubrió un cadáver. Los detalles del caso pasaron por mi mente hasta que recordé que me habían diagnosticado cáncer en medio de la investigación.

El vestíbulo me pareció elegante, como un antro neoyorquino. Me gustó la zona de barra libre, presidida por un piano de cola. Me dirigí a la zona del salón de baile y me detuve frente a una entrada en la que se leía "Salvemos a nuestras tortugas". Annabelle dedicaba su tiempo a organizaciones benéficas menos conocidas.

Un reguero de mujeres salía del asunto. El vestido rojo de Annabelle era difícil de pasar por alto; no era llamativo ni sexy, pero gritaba determinación. Su sonrisa desapareció cuando me vio sentado en una silla del club. Le dio un beso en la mejilla a su interlocutora e hizo un gesto con la cabeza hacia el vestíbulo.

Nos acomodamos en unas sillas de respaldo bajo cuya comodidad estaba justo por encima de caminar sobre brasas. Yo solo quería agua. Ella pidió un club soda con lima y dijo: "No le esperaba tan temprano".

"Nunca se sabe cuánto tráfico va a haber en Pine Ridge. ¿Qué tal el almuerzo?".

"Bien. Estamos recaudando fondos para ampliar nuestro programa de tortugas marinas. Una vez que explicas lo importante que es la misión, la gente se sube a bordo".

"¿Ustedes ponen las rejas alrededor de los nidos de las tortugas en la playa?".

"Sí, es una buena parte de lo que hacemos. También organizamos barridos de las playas para retirar bolsas de plástico y patrullamos las playas por la noche para asegurarnos de que no haya pesca furtiva".

Un empleado nos puso las bebidas en la mesa.

Tenía tiempo y dinero, pero yo estaba agradecido por gente como ella. Podían gastar su tiempo y riqueza en autocomplacencia en vez de ayudar a tortugas indefensas.

"Es bueno que usted y sus amigos ayuden".

"Hacemos lo que podemos".

"Necesito preguntarle sobre algo que acaba de salir a la luz".

Me miró mientras daba un sorbo a su bebida.

Bajé la voz. "A finales de 2012 se presentó una denuncia penal contra su marido por mantener relaciones sexuales con una menor. Supongo que está al tanto".

"Se archivó".

"¿Qué sabe al respecto?".

"Por lo que sé, la chica se inventó los cargos y por eso se retiró".

"¿Conocía a la madre de la chica, una tal Christina Matthews?".

Tomó otro sorbo para pensar una respuesta. "En realidad, no".

"¿Eso es un sí o un no?".

"Ella era una de las amantes de Elby".

"¿Su marido fue acusado de conducta sexual inapropiada con la hija de una de sus novias?".

Ella frunció los labios y asintió.

"¿Cree que la acusación estaba basada en la venganza? Algo así como que Elby podría haber puesto fin a la relación, y la señora Matthews era incapaz de aceptarlo".

Se encogió de hombros.

"¿Qué le dijo al respecto?".

"No dijo mucho, solo que no era cierto y que los abogados lo solucionarían".

"El momento de la acusación es cercano a cuando usted compró la póliza de seguros. ¿Estaba relacionado?".

"¿Que comprar el seguro de vida estuviera relacionado con la acusación de Matthews?".

"Sí".

"No".

"¿Qué puede decirme sobre Christina Matthews?".

"Realmente preferiría no hablar de ella o de la aventura con Elby. Fue hace mucho tiempo, y no la conocía más allá de que se acostara con mi marido".

"Entiendo. ¿Puedo preguntarle si conocía a una amiga de su marido llamada Sue o Susan?".

"¿Tiene su apellido?".

"Me temo que no".

"Si era una relación reciente de Elby, no sabría quién era. Me cansé de obsesionarme con lo que hacía, decidí que no iba a cambiar y que era hora de vivir mi propia vida".

"Entiendo".

"No creo que lo entienda. Nadie entiende lo desafiante que fue estar casada con él. Si esas son todas las preguntas que tiene, me gustaría irme. Tengo que estar en el museo en menos de una hora".

La forma en que dijo "desafiante" indicaba que era algo más que sus novias lo que la molestaba. ¿Qué era?

"Solo tengo una línea más de preguntas. Tengo entendido que a Elby le gustaba jugar al póquer".

"¿Póquer? No que yo sepa".

"Creía que jugaba con un par de hombres el quince de cada mes".

"Eso no sería posible, ya que Elby siempre tenía una reunión de negocios esas noches".

"¿De qué negocios se trataba?".

"No hablaba mucho de trabajo conmigo, pero una vez me dijo que eran sesiones de planificación maestra".

"¿Planificación maestra?".

"Sí, cosas importantes, de alto nivel".

"Y está segura de que no jugaba al póquer".

"Le conozco desde hace casi treinta años, y nunca le vi jugar ni mostrar interés por las cartas, ni por el juego en general".

29

CHESTER TENÍA LA CARA HINCHADA. "¿QUÉ TAL SUS vacaciones, señor?".

"Oh, fue genial, Frank. ¿Has estado alguna vez en Italia?".

¿Frank? El sheriff estaba relajado. "Solo una vez y solo en Roma".

Se palmeó la barriga. "Gran país. Comimos y bebimos por todas partes. Fue increíble. No entendí todo lo de Venecia, pero Florencia, Roma y la Costa Amalfitana, caramba, no hay nada más bonito que ese lugar".

"Parece que fue un tiempo maravilloso".

"Lo fue. Pero todas las cosas buenas llegan a su fin, dicen. Así que, ponme al día sobre Salter".

"Tenemos algunas líneas que estamos siguiendo. Finalmente localizamos a la mujer que había presentado el caso de sexo con una menor contra Salter".

"Sin embargo, fue retirada, así que ten cuidado con ella".

"Sí, señor. Está en California: Newport Beach". No le dije que no estaba casada, lo que no encajaba con lo que sabíamos de las aventuras amorosas de Elby.

"Solo ten cuidado. Los Salter no han estado presionando, y no quiero que empiecen".

"Parece inusual que no estén presionando para resolverlo".

"No quieren la publicidad. Mencionaste algo sobre un par de casos civiles".

"Sí, descubrimos una serie de demandas civiles contra Elby Salter que fueron resueltas y selladas".

"Interesante, pero sellar un acuerdo podría ser solo la familia tratando de desalentar demandas molestas".

Los juicios arreglados me parecían molestos, pero no quería entrar en detalles con él en ese momento. "Podría ser. Vamos a investigar un poco a ver qué averiguamos".

"Sé discreto, Frank".

"Esto puede sonar extraño, pero ¿alguna vez has oído hablar de un grupo de familias poderosas y ricas, como los Salter, trabajando juntos?".

"¿Trabajando juntos en qué? Los intereses empresariales se alinean todo el tiempo".

"No puedo poner el dedo en la llaga, pero me refiero a un grupo secreto que conspira entre bastidores".

"No me vengas con una teoría conspirativa, Luca".

"Es solo que no hay duda de que un conjunto de hombres poderosos, entre ellos Elby y su hermano, Chadwick, se reúnen mensualmente e intentan disfrazarlo de partida de póquer. Si no pasa nada nefasto, ¿por qué mentir al respecto?".

"¿Qué te hace creer que la reunión es ilegal?".

"Nada concreto por el momento".

"Entonces asegúrate de actuar en consecuencia. Las cosas están tranquilas por aquí, y quiero que sigan así".

"¿Cómo estuvo el sheriff?".

"Aparte de ganar un par de libras, era su habitual y cauteloso yo".

"No canceló nada, ¿verdad?".

Sacudí la cabeza. "Repasemos de nuevo estas demandas antes de intentar ver a alguien".

Derrick abrió un archivo, separando tres conjuntos de documentos. "La primera fue presentada el 17 de julio de 2014, por una tal Paula Whiting. En ella se alega que Elby Salter difamó su reputación, solicitando una indemnización de cinco millones de dólares. Se resolvió y selló el doce de agosto. Eso no es ni un mes después".

Hojeé los papeles de Whiting. Había más información en un rollo de papel higiénico. "¿Qué sigue?".

"Patricia Corning denunció a Salter el 9 de febrero de 2015. Afirmaba haberse intoxicado en South by Southwest, un restaurante propiedad de Salter. Corning alegó que tuvo que ser hospitalizada y que el episodio le hizo perder las ganas de comer y que, como consecuencia, sufre multitud de dolencias nutricionales. Ella buscaba tres millones".

"Ese restaurante sigue en pie en Fort Myers. Nunca oí nada malo sobre él. ¿Cuál es el último?".

"Lisa Daly demandó a Salter en septiembre de 2016. Daly compró una casa en Collier Isle, una comunidad que Salter desarrolló en 2015. Afirma que la casa tenía altos niveles de radón, lo que le causó artritis prematura y la expuso a ella y a su hija a niveles que causan cáncer".

"¿No hicieron revisar la casa cuando la compraron?".

"O podrían poner un sistema por dos mil dólares para solucionar el problema".

"Estos juicios son una porquería. Eso es lo que son".

"Sin duda, ¿pero crees que es porque son súper ricos? Y tal vez sellan los casos para mantenerlos en privado, para evitar que otras personas traten de demandar".

"Eso es lo que dijo Chester".

Casi me quema la sonrisa de Derrick. "¿Eso dijo?".

"Sí. No dejes que se te suba a la cabeza. Chester puede ser bueno evaluando, pero ofrece un gran cero gordo en la categoría de solución".

"Me pregunto qué pueden tener otros condados. Podría valer la pena investigar en el condado de Lee".

"Podría ser mejor comprobar en algunas de las otras personas de alto perfil aquí. Ver qué tipo de demandas se presentan contra ellos en comparación".

"Es una buena idea, Frank".

"Quizá, pero en vez de eso, investiguemos un poco a estas mujeres. A ver qué encontramos".

30

Derrick colgó el teléfono y se puso de pie. "Frank, encontraron el auto de Elby".

"¿Quién lo encontró?".

"Aduanas estaba haciendo una inspección de exportación en un contenedor de autos aplastados y corrió el número VIN".

"¿En qué puerto?".

"Tampa".

"¿Lo retuvieron?".

"Sí, el inspector dijo que emitieron un aviso de incautación".

"Vamos a tener que hacer que los forenses lo revisen".

"Hombre, esta es la oportunidad que hemos estado buscando. Seguro que los técnicos encuentran algo".

"Esperemos no meternos en problemas territoriales con Seguridad Nacional por la custodia".

"Tal vez le pidamos al sheriff que se involucre. Él podría ser capaz de atajar esto".

"Un homicidio siempre tiene prioridad. Mientras esto no sea parte de una gigantesca red de contrabando que los federales están vigilando, deberíamos estar bien. Pero no quiero perder tiempo poniéndonos manos a la obra. Involucremos a Chester".

"Le daré los detalles".

"¿A dónde iba el auto?".

"A China. Lo declararon como envío de chatarra".

"¿Quién estaba haciendo el envío?".

"Una compañía llamada Sunshine Scrap and Waste. Están fuera de Sarasota".

"Ve a ver al sheriff".

Introduje Sunshine Scrap and Waste en el portal web del Secretario de Estado de Florida. Me desplacé hasta los documentos de constitución de la empresa. Era propiedad de Liberty Enterprises LLC, con sede en Orlando.

Mi corazón se aceleró cuando apareció la propiedad de Liberty Enterprises. Era una entidad llamada Hamlet Family Holdings. ¿Podría ser la misma familia Hamlet de la que Robert Hamlet formaba parte?

Puse en el reproductor el DVD que finalmente conseguimos en CVS. Lo adelanté hasta las 8:50 p.m. y luego lo puse más despacio. Un flujo constante de gente entraba y salía de la tienda.

A las 21:04, miré dos veces y pulsé el botón de pausa. Un tipo que parecía tener un palo en el culo se acercaba a la puerta principal. Hice zoom. Era él: Fred Baylor.

Le di al play. Baylor entró. Pasaron nueve minutos. Fred Baylor salió con una pequeña bolsa blanca en la mano. Era todo lo que necesitaba ver. Expulsé la cinta y me fui a mi despacho.

"Parece que Baylor decía la verdad".

"¿Estaba en CVS?".

"Sí. Un par de minutos después de las nueve, lo que coincide con la hora a la que el vecino le vio salir".

Derrick se rió. "He oído un montón de excusas, pero ¿picazón en el culo? Ese es el nuevo número uno en mi libro".

"No es cosa de risa cuando tienes un ataque de hemorroides. Yo tuve uno hace unos años".

"¿Por qué no lo dijo? 'Tuve que ir a buscar Preparación H para mi trasero'. Eso es todo lo que tenía que decirnos".

"Yo tampoco dije nada durante mucho tiempo. No es algo que compartas con todo el mundo".

"Supongo que sí".

"Nos hizo perder un montón de tiempo. Si nos lo hubiera dicho todo desde el principio en vez de escurrir el bulto, me habría tomado una semana libre".

"¿Eso no es obstrucción?".

"No exactamente. No confesar y mentir son dos cosas distintas. Si el fiscal acusara a todos los que mienten a la policía, tendríamos que construir un millón de cárceles. La diferencia es si mientes para protegerte a ti mismo o a alguien. Baylor nos engañó, pero eso es todo".

"Estaría bien que alguien diera ejemplo, para que la gente se lo pensara dos veces".

"Amén. Mira, me voy...".

El teléfono de Derrick sonó. Lo contestó, poniendo una mano sobre el receptor, susurró: "Es Christina Matthews".

Me levanté de mi asiento.

"Espere, señora Matthews. El detective Luca quiere hablar con usted".

Derrick me pasó el teléfono.

"Señora Matthews, soy el detective Luca. Tengo un par de preguntas sobre Elby Salter".

"Escuché que fue asesinado".

"Sí, lo fue".

"Okay".

¿Okay? En lugar de "¿eso es terrible?". "Tengo entendido que usted y Elby Salter tuvieron una relación".

"La tuvimos".

"¿Cuánto tiempo duró?".

"Menos de un año".

"Usted presentó una denuncia alegando que él había participado en un acto sexual con su hija".

"Comportamiento sexual inapropiado es lo que creo que fue la acusación".

"De acuerdo. Cuénteme qué pasó".

"No puedo".

"¿Qué quiere decir con que no puede?".

"Firmé un acuerdo de confidencialidad que me impide hablar del caso".

"¿Le pagó para que guardara silencio?".

"No puedo decir nada".

"¿Por qué aceptaría ser silenciada? Es su hija, por el amor de Dios".

"Mire, ella estaba traumatizada por... todo, y eso nos habría impedido seguir adelante con nuestras vidas".

Quise preguntarle cuánto dinero le costó comprometer su moralidad, pero le dije: "¿Hay algo que pueda contarme sobre el caso?".

"Lo siento, pero no puedo".

"¿Qué hay de Elby Salter? ¿Qué puede decirme de él?".

"Me parece que usted sabe qué clase de hombre es".

Escupí un gracias y colgué.

"Salter le pagó para que mantuviera la boca cerrada".

"¿No te dijo nada?".

"No, firmó un acuerdo de confidencialidad. Apuesto a que por eso está en Newport Beach. Probablemente la quería a ella y a su hija lo más lejos posible".

"Esta acusación estaba ahí fuera, y la gente tenía que saberlo. Sé que los abogados lo cerraron, pero si era real, no puedo imaginar que fuera la única vez que se pasó de la raya. La pedofilia es una enfermedad mental; estos asquerosos no lo hacen solo una vez".

"Sin duda. La pregunta es, ¿fue una transgresión real de Salter o algo inventado? ¿La hija buscaba atención? ¿No le gustaba que su madre saliera con él y no encontraba la forma de separarlos? ¿O la madre se lo inventó todo para sacarle dinero?".

"Deberíamos empezar por indagar en los antecedentes de Matthews. Veamos qué hay sobre ella".

"Ese es el lugar para empezar. Ella me dijo algo cuando le pregunté sobre Elby. Dijo que yo sabía qué clase de hombre era. ¿Me estaba diciendo que era un delincuente sexual o solo que le gustaba ir por ahí acostándose con diferentes mujeres?".

"Si es un pedófilo, tal vez fue asesinado por una de sus víctimas o su familia".

"Podría ser. O tal vez fue asesinado por uno de los suyos. Alguien de su grupo secreto o su familia para evitar la vergüenza, para callarle".

"FRANK, mira este adorable vestido que le compré hoy a Jessica".

Mary Ann levantó un vestido rosa y blanco con adornos de encaje.

"Es bonito. Aunque parece demasiado grande".

"No es para ahora. Probablemente alrededor de los diez u once meses. Era tan bonito que no pude dejarlo pasar".

¿Cuántas veces he oído esa frase en el último año? "Me

gusta, pero como últimamente solo uno de nosotros trabaja, tenemos que controlar los gastos".

"Es solo un vestido, y estaba de oferta".

Ah, otro calificativo eterno. "¿Cómo fue su cita de juegos hoy?".

"Oh, estuvo genial. Jeannine preparó una pequeña piscina, y a Jessica le encantó".

"¿Era agua fresca? No quiero que se contagie de algo".

"Eres un preocupón, Frank. ¿Qué, crees que la dejaría jugar en agua sucia?".

"Sabes, con este caso Salter inclinándose hacia un lugar feo, tenemos que ser cuidadosos vigilando a Jessie".

"¿Qué te preocupa ahora?".

"Puede ser que Salter fue asesinado porque abusó de una niña".

"Dios mío. Esos enfermos nunca lo hacen solo una vez".

"Lo sé. Hubo un cargo contra él que fue retirado, pero encontramos un par de casos civiles que no tienen sentido".

"¿Cómo es eso?".

"Tres mujeres presentaron demandas contra él, buscando obtener dinero. Una decía que enfermó viviendo en una casa que construyeron los Salter, otra que él difamó su reputación, y la última por una intoxicación alimentaria en un establecimiento propiedad de Salter. Todos los casos fueron resueltos y sellados, así que no podemos conocer los detalles sin una orden judicial".

"¿Y crees que tiene que ver con abusos sexuales?".

"No sé qué pensar. Pero quiero que los dos no la dejemos nunca a solas con nadie, y en cuanto sea capaz de entenderlo, tenemos que asegurarnos de que sepa que hay bastardos enfermos ahí fuera. Tiene que saber que nadie puede tocarla, y que si cree que le pasa algo, tiene que decírnoslo".

Era imposible conciliar el sueño. La idea de que algo pudiera pasarle a mi Jessie me aterrorizaba. ¿Vivíamos en un mundo en el que una persona poderosa podía ocultar sus actos repugnantes utilizando dinero, abogados y los tribunales? E incluso si Salter no era culpable de sexo con una menor, formaba parte de un grupo que parecía tener sus propios secretos.

Sabía qué hora era. Era el momento de quitarse los guantes.

31

"Tienes que estar seguro de que Bingham está en casa, Derrick".

"Lo está. Lo confirmé con una llamada, le dije que era un tasador de la propiedad y podría reducir sus impuestos. Mordió de inmediato. No lo culpo, está pagando cincuenta y ocho mil al año".

"Eso es una locura".

"Tiene que estar en algún lugar, probablemente en el penthouse".

"Algunos departamentos en Gulf Shore Drive valen más de diez millones".

"¿Es una locura, por un departamento?".

"Ve a las once en punto. Si te retrasas, llámame. Tenemos que asegurarnos de que no hablen entre ellos".

"Entendido".

"Mándame un mensaje cuando termines con él".

"Me voy ahora. Me sentaré en el estacionamiento de Venetian Village si llego temprano".

Robert Hamlet intentó eludir hablar conmigo, pero la amenaza de hacerle venir al centro funcionó, como siempre. No quería que Hamlet y Bingham supieran que estábamos hablando con cada uno de ellos por separado. Veamos cómo encajaban sus historias sin preparación.

Las oficinas de Hamlet Family Holdings estaban en la cuarta planta de un edificio justo al lado de Park Shore Drive. Las instalaciones estaban un poco por encima de las oficinas de los Salter, pero en ningún caso eran lujosas. El bajo zumbido generado por una planta llena de gente casi tapaba la música clásica que sonaba de fondo.

Esperé en una sala de conferencias cuya ventana daba al tráfico de la Ruta 41. Sobre la mesa había un mapa de parcelas plagado de notas. Intenté ver dónde se encontraba la urbanización cuando se abrió la puerta detrás de mí.

Hamlet era un hombre corpulento con principio de nariz de bebedor. Sin corbata, llevaba un anillo de casado y una camisa blanca de manga larga. Nos dimos la mano.

"Detective Luca, Bob Hamlet. Encantado de conocerte".

Su mano era suave. "Gracias por recibirme".

Tomó el único sillón de la mesa y me senté frente a él.

"¿Querías hablar de Elby?".

"Sí, tengo entendido que eres parte de un grupo que se reúne mensualmente".

"Sí, a un par de los chicos les gusta jugar al póquer. Yo no soy un gran jugador, pero algunos de los otros creen que están jugando la Serie Mundial de Póquer".

"¿Qué hay de Elby Salter? ¿Era uno de los que se lo tomaba en serio?".

"Desde luego. Me dijo varias veces que quería intentar jugar profesionalmente".

"Eso es otra liga. ¿Cuánto cuestan las ciegas cuando juegan ustedes?".

Una vacilación. "Nada del otro mundo".

"¿Cinco dólares?".

"Sí, a veces diez".

"Suena divertido, pero no he venido a preguntar por el póquer".

Hamlet sonrió.

Su sonrisa desapareció cuando le pregunté por Sunshine Scrap and Waste.

"¿Qué pasa con eso?".

"Encontraron el auto de Elby Salter en el puerto de Tampa en un contenedor con destino a China".

"¿En serio?".

"Y la compañía que lo enviaba a miles de millas era uno de sus negocios, Sunshine Scrap and Waste".

"No entiendo qué tiene que ver todo esto conmigo".

"¿Cómo llegó allí el auto de Elby Salter?".

"No sabría responder a eso. Podría pedirle a mi equipo de gestión que lo investigue".

"Tenemos que saber cómo y cuándo Sunshine Scrap puso sus manos en el vehículo de Salter".

"Estoy seguro de que todo tiene explicación. Sunshine recibe miles de vehículos al año, procedentes de multitud de fuentes: compañías de seguros, otros chatarreros, talleres de reparación y particulares".

"¿Qué hacen con los autos?".

"Recuperamos de ellos todo el metal precioso que podemos".

"¿Como los catalizadores?".

"Sí, eso es lo primero que quitan por el paladio, pero hay metales preciosos en las placas de circuitos, e incluso se recuperan monedas. Luego, lo que queda se funde".

"¿Por qué China?".

"Aquí no podemos hacerlo; es demasiado costoso. Quitamos los convertidores de antemano; son accesibles".

"¿Quién tritura los autos?"

"Si no están ya condensados, lo hacemos nosotros".

"Cuando alguien trae un vehículo, ¿qué papeleo exigen para demostrar que no es robado?".

"No pagamos casi nada por estos autos. Simplemente no hay razón para robar un auto y luego venderlo a un deshuesadero".

"Tengo entendido que se pueden conseguir hasta quinientos por un auto".

"Si funciona, parece razonable".

"Para un adicto, eso es mucho dinero".

"Entiendo tu punto de vista. Pero Sunshine Scrap ha existido durante décadas, y casi todos los vehículos provienen de una fuente comercial".

"Vamos a tener que hablar con quien recibió el auto".

"Entiendo. Me aseguraré de que la documentación esté lista".

"Alguien está en camino ahora". Miré mi reloj de pipí. "Debería llegar en cualquier momento".

Se movió en su silla. "¿Saben que él va a venir?".

"Es ella, y no tengo ni idea".

"Oh. Vale".

Era mentira, pero me encantaba jugar con él. ¿Se le estaba formando una gota de sudor en el labio?

"Por cierto, no quiero que se sepa que hemos encontrado el auto de Elby Salter. Usted y su personal no deben decir ni una palabra. ¿Entendido?".

"Les daré las instrucciones pertinentes".

"Bien. Su familia tiene muchos negocios aquí, ¿no?".

"Sí. Hemos estado aquí durante generaciones y construido importantes propiedades de tierras de cultivo y un banco o dos".

Un banco o dos. Como si fuera un niño al que su madre le pregunta cuántos caramelos ha comido: Comí un Tootsie Roll o dos.

"¿Son socios de la familia Salter?".

"Hemos trabajado juntos en varios proyectos a lo largo de los años".

"Quizá los reconozca. ¿Cuáles?".

"Somos una empresa privada, y como tal, preferimos mantener nuestras actividades confidenciales".

"Eso no concuerda con la foto que vi en el Naples Daily News sobre la primera piedra del hospital".

"A veces tenemos que hacer saber a la comunidad que estamos ahí para ellos. Pero, dicho esto, hay suficientes locos ahí fuera por lo que normalmente es mejor para nosotros mantener la cabeza baja".

"Imagino que conocías bastante bien a Elby Salter".

Se encogió de hombros. "No tan bien como te imaginas. Era un poco reservado. Bueno, supongo que todos lo somos. ¿No es cierto?".

"¿Qué sabes de la acusación contra él sobre sexo con una menor?".

Su nariz roja se blanqueó. "Dijo que era infundada, pero si lo hizo o no, no viene al caso, ya que ahora se ha ido".

"¿Tienes hijas?".

"¿Yo? No, tres hijos".

"No pensé que las tuvieras".

"Lo siento. No lo entiendo".

"El asesinato de Elby Salter es la cuestión. Te recuerdo que ocultar o fabricar información o pruebas es obstrucción a la justicia".

Estaba bien peinado, pero el hedor que desprendía, combinado con el hecho de que me había quedado sin preguntas, significaba que era hora de irme, pero tenía una pregunta más.

"¿Te oponías a los esfuerzos de Elby Salter para construir un nuevo estadio para los Red Sox?".

"No particularmente. Aunque, no veía el sentido de desperdiciar un buen terreno en ello".

"¿Por qué se desperdiciaría la tierra?".

"Las instalaciones de entrenamiento de primavera son un negocio a tiempo parcial".

"Entonces, ¿estabas en contra?".

"Se podría decir que sí".

Abrí la puerta del auto para dejar salir el calor y encendí mi teléfono. Había un mensaje de Derrick pidiéndome que le llamara.

"¿Qué pasa? Acabo de salir de la oficina de Hamlet".

"Deberías haber visto la cara de Bingham cuando enseñé mi placa".

"¿Qué tenía que decir sobre las reuniones?".

"Tardó un minuto en dejar de tartamudear, pero dijo que a Elby no le gustaba mucho jugar al póquer. Para él solo era una noche con amigos".

"¿Y los límites de apuestas?".

"Bingham dijo que la ciega era de veinte dólares".

"Hamlet dijo que eran cinco dólares y que Elby estaba loco por el póquer. Incluso dijo que quería jugar profesionalmente".

"¿Qué demonios esconden estos tipos?".

Era una gran pregunta.

32

"¡MARY ANN!, VIGILA A JESSIE. TENGO QUE ENTRAR EN MI laptop".

"¿Qué pasa?".

Me dirigí a lo que solía ser una oficina, pero ahora era un depósito de los juguetes de Jessica.

"Acabo de recibir el informe de los forenses sobre el auto de Salter. No puedo leer la maldita cosa en mi teléfono".

"Eh, Frank, cuida tus palabras".

Encendí mi computadora, acerqué una silla al escritorio y me senté. Leí el resumen dos veces. Se recuperaron tres muestras de fibras no identificadas y varios cabellos. Se descubrieron rastros de sangre, pero no se encontraron otros fluidos corporales.

Pasé al detalle. El techo del auto había sido cortado para acceder al interior del vehículo. Los asientos habían sido retirados. Se encontraron restos de cloro en el tablero y en los paneles laterales del interior. Los técnicos creen que el vehículo había sido limpiado con un tipo de toallita, como las de Lysol o Clorox, en un intento de eliminar la sangre y el ADN.

En la consola y en el tablero se encontró sangre que coincidía con la de la víctima. Los restos de sangre estaban mezclados con los agentes limpiadores de las toallitas. Había una pequeña gota de sangre sin adulterar en la unidad de control de la radio. También era de Elby Salter.

En el auto se encontraron fibras de algodón simples, típicas de las que se usan para hacer camisetas. Dos estaban teñidas de rojo y una era blanca. Se cree que las fibras procedían de la misma prenda. Posteriores análisis podrían aclarar un país de origen o un posible centro de producción.

El hallazgo más interesante fueron los cabellos recogidos en el interior del vehículo. Cuatro muestras de pelo se atribuyeron a Elby Salter, pero también se recuperaron un par más. Ambos pelos estaban ligeramente rizados y teñidos de negro, coincidiendo con los pelos encontrados en el cuerpo de Salter que no le pertenecían.

La parte trasera del todoterreno también contenía algo de pelo de Salter, pero eso era todo.

En ninguno de los cuatro neumáticos ni en los bajos del vehículo había partículas de suciedad dignas de ser analizadas.

¿Qué significaba esto? No había duda de que hubo un intento de esterilizar el auto de Salter. ¿Fue una sola persona la que secuestró a Salter, estuvo en el auto, lo mató y se deshizo del cuerpo? ¿O los cabellos eran de alguien que solo se deshizo del cuerpo?

Tendría que ser una operación altamente coordinada si involucró a más de una persona, aumentando el factor de riesgo. Nunca me incliné en esa dirección, pero esto parecía algo que un grupo de gente poderosa podría llevar a cabo fácilmente.

Me preocupaba dónde se encontró el cuerpo. La mayoría de los asesinos intentan ocultar los cadáveres, los hunden bajo el agua, los entierran o los dejan en un lugar de difícil acceso. Y más de un loco los mete en congeladores.

Era deprimente, pero ¿qué esperaba que encontraran? ¿Que el asesino dejara su tarjeta de visita?

Mary Ann entró. "¿Conseguiste algo?".

"No mucho. Encontraron un par de cabellos que coinciden con los que encontramos en el cuerpo. Quien lo hizo intentó limpiar las cosas, pero había mucha sangre de Salter".

"Lo siento".

"No pasa nada. Atraparemos a quien lo hizo. ¿Dónde está Jessie?".

"Durmiendo en su columpio".

"Le encanta esa cosa".

"Lo sé. Tienes que llamar a Phil, y darle las gracias por el vino que trajo".

"Oh, sí. Lo llamaré ahora".

"Hola Phil. ¿Cómo estás?".

"Todo bien, Frank. ¿Qué pasa?".

"Quería darte las gracias por el vino. No tenías que traerme una botella".

"No hay problema. Nos gustaron las botellas que trajiste para la barbacoa. Nunca habíamos probado vinos españoles y estaban buenos".

"Me alegro de que te gustaran. A mí me parecieron buenos para lo que cuestan, sobre todo los de Ribera del Duero. No son caros".

"No sé lo bueno que es el que te compré. Es de Córcega".

"¿Córcega? Ni siquiera sabía que allí se hacía vino".

"Yo tampoco, pero Marlene y yo fuimos a cenar a este pequeño lugar francés, Auberge, por Wiggins Pass. No sabíamos qué vino pedir, y la dueña, creo que se llamaba Marie, sugirió uno de Córcega. Dijo que era de allí y que sus vinos eran buenos".

"Conozco ese sitio. Creía que me había dicho que era del norte de Francia".

"No, es de la isla de Córcega. Está justo al lado de Cerdeña. Parece un lugar estupendo para visitar".

"Tal vez uno de estos días".

"Deberíamos intentar planearlo".

"No con un bebé. ¿Cómo está tu padre?".

"Bien. Ahora está obsesionado con el jardinero, pero está bien".

"Es un gran tipo. Le aprecio. Salúdalo de mi parte y gracias por el vino. Me interesa ver qué tipo de uvas usan en él".

¿Córcega? Intenté recordar la conversación con Marie Redoux. Mi memoria no era tan buena como antes de que me inyectaran quimioterapia, pero normalmente olvidaba algo por completo. Detalles, como de dónde venía una persona, no los confundía. ¿O sí?

Marqué otro número.

"Derrick. Soy Frank".

"Hola, ¿cómo estás?".

"Mira, ¿recuerdas a esa mujer francesa con la que Salter salía, Marie Redoux?".

"Sí, ¿la que vimos en ese restaurante de Imperial?".

"Sí. ¿No dijo que era del norte de Francia?"

"Creo que sí. Sí, de algún lugar cerca de Le Havre".

"Eso es lo que pensé".

"¿Qué hay?".

"Uno de mis vecinos me dijo que ella era de Córcega, una isla frente a la costa sur de Francia. Está más cerca de Italia que de Francia".

"Tal vez su familia vino de allí".

"Supongo que sí, pero los europeos no se mueven mucho, y Córcega está muy lejos de donde nos dijo".

"Córcega. Cada vez que oigo eso, pienso en la película *The French Connection*".

"Ya no es lo que era, pero sigue habiendo organizaciones criminales con sus raíces en Córcega".

"No pueden estar involucradas en esto".

"¿Por qué no?".

"¿Qué estás diciendo, Frank?".

"No estoy diciendo nada. Solo estoy procesando la información a medida que sale a la superficie. Voy a volver a Marie Redoux, ver si mintió y por qué".

33

DERRICK ESTABA LEYENDO CUANDO ENTRÉ.

"Frank, hice algunas averiguaciones".

"¿Sobre qué?".

"Marie Redoux. No había nada en el sistema con el mismo apellido. Bueno, lo había, pero era un tipo de Costa de Marfil".

"Los franceses gobernaban ese país antes de su independencia".

Levantó los documentos que había estado leyendo. "Así que acudí a la Interpol y a la Policía Nacional Francesa, y bingo, la familia está llena de malos actores. Incluso tienen su propia banda dirigida por un tío de Marie llamado Lucien Redoux". Derrick pasó una página. "Este informe que envió la Interpol dice que están conectados con Unione Corse, el sindicato que dirigía el tráfico de heroína entre Marsella y América".

"Es la banda sobre la que hicieron *The French Connection*".

"Están metidos en lo de siempre, drogas y prostitución, pero esto es lo interesante. Cuando se acabó el tráfico de drogas en los setenta, se dedicaron al blanqueo de dinero, pero también a los asesinatos por encargo".

"¿Hay algo sobre cuál es su modus operandi?".

"Nada firme, pero un tiro en la nuca me grita asesinato por encargo".

"Es probable, pero es más fácil disparar a alguien por la espalda".

"Sin duda, pero hay un montón de bastardos con sangre fría por ahí".

"¿Hay alguna conexión con una organización criminal en los Estados Unidos?".

"No se mencionó nada al respecto".

"Si no tienen conexiones aquí, tendrían que enviar a alguien. Es arriesgado, si el asesino a sueldo no está familiarizado con cómo funcionan las cosas aquí, pero va muy lejos en el departamento de anonimato".

"¿Crees que enviarían a alguien para matar a Elby?".

"Una posibilidad remota pero no imposible. Consigue una lista de todos sus socios conocidos, compáralos con el control de pasaportes. Veamos si alguno de ellos ha hecho un viaje a Estados Unidos recientemente".

"¿Empezamos un mes antes de que mataran a Salter?".

"Que sean dos. Tratar con Dwyer me hizo darme cuenta de lo pacientes que pueden ser algunos de estos chiflados".

34

Colgué el teléfono de golpe.

"¡Esto es una estupidez!".

"¿Qué pasa?".

"Era Chester. Me dijo que me mantuviera alejado de Christina Matthews".

"Difícilmente conseguiste algo de ella".

"Él no lo sabe, creo".

"¿Cómo sabía que estábamos hablando con ella?".

"El abogado de Salter, Gerey. Llamó a Chester y le dijo que estábamos presionando por información que estaba protegida por un acuerdo de confidencialidad".

"Están preocupados. Eso significa que hay algo ahí".

"Sin duda. Sin embargo, me molestó a más no poder. En lugar de tratar de ver lo que hay allí, Chester quiere echarnos a un lado".

"Podemos pedirle a un juez que lo abra, ¿no?".

"Podríamos, pero necesitaríamos una causa probable de que la información en el acuerdo es fundamental para la comisión de un delito".

"Pero de eso se trata: podría ser, ¿no?".

"Exactamente. Chester está actuando como todo el mundo por aquí, protegiendo a los todopoderosos Salter. Es una auténtica estupidez".

"¿Qué vamos a hacer?".

"¿Qué podemos hacer? Tenemos que tener cuidado. Este caso es un maldito lío. Lo último que necesitamos es a Chester ladrándonos detrás".

"¿Crees que el sheriff sabe algo?".

"Ciertamente espero que no. Si descubro que está protegiendo a alguien, me voy de aquí más rápido que la gente que va a por muestras de comida a Costco".

"Estoy contigo".

EL RESTAURANTE no estaba lleno a pesar de la oferta especial de diez dólares para los comensales sentados antes de las seis. Redoux dejó caer un menú que acababa de recoger de otra mesa cuando me vio. Me encantaba mi trabajo.

Dio un paso hacia mí.

"Bonsoir, monsieur, enseguida estoy con usted".

"Tómese su tiempo".

Antes de que pudiera acomodarme en una silla, Marie salió de la cocina. Golpeaba los tacones de sus zapatos al caminar. ¿Se estaba armando de valor o estaba tan segura de sí misma? Al acercarse, percibí el olor a ajo y aceite. ¿Caracoles?

"¿Quiere un menú?".

"No, solo vengo a hablar".

"Estamos ocupados y...".

"Siéntese".

Ella acercó una silla. "¿Sobre qué?".

"¿De dónde es usted?".

"De Francia".

El encanto de su acento se había desvanecido como un charco de Florida.

"Es un país grande. ¿Exactamente dónde?".

"Córcega".

"¿Por qué me dijo que era del norte de Francia?".

"¿Lo dije?".

"Sí, desde luego".

"La mayoría de la gente no se da cuenta o ni siquiera sabe dónde está Córcega. Es más fácil decir el norte de Francia".

"Es más fácil mentir es lo que quiere decir. Fue usted muy precisa al decirnos que era de Fécamp. No sé mucho de Francia, pero diría que más gente ha oído hablar de Córcega que de Fécamp".

"¿Es un delito en Estados Unidos decir mal tus orígenes?".

"No, a menos que esté tratando de desviar una investigación".

"Fue un error inocente".

"Su familia tiene una gran historia en Francia".

"No lo entiendo".

"Yo creo que sí. Su tío Lucien dirige una empresa criminal corsa. ¿No es así?".

"¿Qué significa todo esto?".

No podía decirle que estaba tratando de entenderlo.

"Tengo un negocio que dirigir".

"Usted tiene una hija, ¿cierto?".

Se movió en la silla. "Sí".

"¿Y cuántos años tiene?".

"Quince".

"¿Sabía que Elby Salter había sido acusado de mantener relaciones sexuales con una menor?".

La falta de sorpresa me confundió. "No".

La puerta principal se abrió y entró una pareja.

Marie se puso de pie. "Lo siento, pero debo volver al trabajo".

Me senté en la Cherokee pensando. Tuvo una aventura con Elby, y admitió que le resultaba difícil afrontar el final. Lo llamó tres veces el día antes de que lo mataran. ¿Por qué? Dijo que era por una botella de vino. Eso no encajaba. Ya no salían. ¿Por qué gastar el dinero para llamar a un exnovio desde Francia? ¿Fue el acto de un amante irracional? ¿Estaba siquiera en Francia?

Teníamos a una mujer que nos mentía, que podía estar tan obsesionada por la ruptura de su relación que se había pasado de la raya, una mujer que tenía familia que se dedicaba al negocio del asesinato por encargo.

Era una exageración, pero también tenía una hija menor de edad. Una hija de la misma edad que la que había acusado a Elby. ¿Le pasó algo a ella?

35

Rosanne Roberts vivía en un precioso centro de vida asistida llamado Tuscany Villa, que estaba cerca de Lely y parecía un lugar divertido para pasar el rato. En el interior del edificio principal, de color pastel, alguien estaba tocando el piano de cola del vestíbulo para un puñado de residentes. El pianista estaba tocando *As Time Goes By.* ¿Alguien se dio cuenta de la ironía?

Me llevaron a un salón con un bar de verdad. Un par de ancianos estaban disfrutando al máximo de un cóctel por la tarde, y mi cita era con uno de ellos. Roberts rebotó de su silla como alguien con la mitad de sus ochenta y cuatro años. Tenía las manos pequeñas y una amplia sonrisa.

"¿Le apetece tomar algo? Lo llamamos *happy hour;* las bebidas son gratis".

"No, gracias, pero no dude en darse un capricho".

"Ya me he tomado mi gin-tonic. Uno es mi límite".

Esperando que el vino que bebí tuviera el poder conservador que parecía tener la ginebra, nos acomodamos en las sillas alrededor de una mesa de cartas.

Se quitó las gafas. "Como periodista, tengo curiosidad por saber cómo me encontró".

"Fue fácil. Busqué en Google ediciones antiguas del Naples Daily News y miré quién cubría la información local cuando Florence Salter desapareció".

"Sabe, he aprendido a lo largo de los años que un reportero, los buenos de todos modos, operan como lo hacen los detectives".

"Eso es verdad. Si quieres encontrar la verdad, tienes que escarbar bajo la superficie".

Sonrió. "¿Y buscas esta vieja pala para que te ayude a remover la suciedad?".

Me gustaba esta señora y me preguntaba si ella y el padre de Phil se llevarían bien. "Cualquier información que pueda compartir sobre la familia Salter sería útil".

"Bueno, hay mucho que cubrir. Eran una de las dos familias que dieron forma a este lugar que llamamos paraíso e hicieron lo que algunos considerarían obscenas ganancias haciéndolo. Ahora, el News tenía un bozal tácito cuando se trataba de escribir sobre ellos. Tenían amigos en el consejo editorial, y el editor en jefe dejó claro que la forma en que influyeron en el desarrollo de la ciudad era algo bueno".

"¿Se refiere a no convertir Naples en otra Miami?".

Los pendientes de perlas rebotaron y ella asintió. "A ningún periodista le gusta que le digan sobre qué o quién tiene que escribir, pero tenía razón. Tenían mucho poder, pero se ejercía entre bastidores, lo que nos molestaba a muchos. Parecía que los comisionados del condado aprobaban los proyectos, a pesar de las objeciones del público".

"¿Cree que hubo sobornos?".

"Husmeé un poco, pero no pude descubrir ningún soborno. Era más bien como si los comisarios fueran gente buena y local, pero el crecimiento superaba sus capacidades. Gente como los

Salter, que dirigían con éxito grandes imperios empresariales, eran vistos como caballeros blancos. Sabían cómo llevar las cosas, y eso quitaba presión a la junta del condado".

"¿Cree que hubo un entendimiento o acuerdo entre familias como los Salter para controlar no solo el crecimiento sino las oportunidades de hacer dinero por aquí?".

"Estoy segura de que hubo algo así: compartir el pastel que estaban horneando".

"¿Cree que la cooperación se extendió a algo ilegal?".

"No entiendo la pregunta. Sus intereses comerciales parecían ser legítimos".

"¿Qué hay de eliminar un obstáculo?".

"Oh, esto se está poniendo interesante. Había olvidado que era detective de homicidios. Nunca había oído rumores sobre algo así".

"Hábleme de la situación de Florence Salter. Tengo entendido que había sido acusada de conducta sexual inapropiada con un menor".

"Cuando oí algo una vez, aprendí a ser escéptica y a buscar confirmación, pero cuando surgió el segundo incidente, pensé que tenía que haber algo".

"¿Y lo había?".

"Lamentablemente, parecía que las acusaciones podían ser ciertas. El periódico cubrió la acusación y, cuando esta se retiró, se aseguró de que la noticia saliera a la luz, como, francamente, debía. Si hay algo en lo que los medios de comunicación se equivocan es en no cubrir una retractación tan bien como la historia original. Pero en este caso la acusación parecía cierta".

"¿Qué recuerda de ello?".

"Los Salter eran y siguen siendo activos en la escena filantrópica, y habían financiado un centro juvenil para los niños desfavorecidos del este. Un chico joven, creo que tenía doce o trece años, dijo que había tenido un encuentro sexual con

Florence Salter. Cuando se supo, la madre del chico se enteró y presentó cargos".

"¿Qué le hace creer que no lo inventó?".

"Salió a la luz cuando empezó a contar lo sucedido a sus amigos, y los niños, bueno, hablan. Un voluntario lo descubrió y se enfrentó al chico, que involucró a su madre. Un periodista con el que trabajé, un tipo llamado Benny Goshen, el pobre murió hace diez años, habló con un par de niños y encontró a otros dos que decían que ella les había practicado sexo oral".

"Los niños tienden a ser poco fiables, ¿no?".

"Naturalmente, pero Benny dijo que ambos chicos le dieron el mismo lugar donde decían que había sucedido y también las fechas y horas. Lo comprobó y ella estuvo allí en esas fechas. Y lo interesante es que los chicos no eran amigos entre sí y acudían al centro en momentos diferentes".

"¿Por qué no se informó de esto?".

"Benny fue con el editor, pero dijeron que no tenía fundamento, y que la acusación original había demostrado ser falsa, etcétera, etcétera. Dijeron que esperáramos hasta que aparecieran más pruebas. Pero, un par de semanas después, desapareció".

"¿Qué cree que le pasó?".

"Creo que se largó. Estaba acabada por aquí. Quizá sabía que aparecerían otros cargos e iría a la cárcel".

"¿Cree que su familia la ayudó a desaparecer?".

"Estoy segura de que lo hicieron. Era una vergüenza para ellos. Los Salter son muy orgullosos y probablemente se alegraron de que se fuera".

"¿Nadie trató de averiguar qué pasó con ella?".

"Lo cubrimos al principio, pero el hecho era que no había nada que seguir. Tuvo que salir del estado, y el periódico no iba a pagar para que buscáramos por todo el país. ¿Quién sabe dónde podría haber ido? Incluso podría haber salido de los

Estados Unidos. Tenían suficiente dinero para conseguirle una nueva identificación y trasladarla a cualquier parte".

"¿Cree que podría estar encerrada en alguna institución?".

"Poco probable. Era una mujer brillante. No me la imaginaba en un lugar así. A menos que la drogaran de alguna manera".

"¿Cree que podrían haber organizado su muerte?".

"¿Matar a su propia hija? No lo sé, pero supongo que es posible. Ese tipo de gente no se arregla. Es una enfermedad, si me lo preguntan. Y si ella está en Tombuctú, probablemente está haciendo lo mismo y eventualmente sería atrapada y expuesta por lo que es".

"Elby Salter era su sobrino y casi de la misma edad que el chico que hizo la acusación contra ella. ¿Cree que es posible que su tía abusara de él?".

"Por supuesto, es posible. Estoy segura de que hubo muchas oportunidades para que lo hiciera, y Elby tenía que verla como una figura de autoridad".

"Eso es lo que estaba pensando. Suponiendo que ocurriera, es posible que Elby quedara dañado por el abuso y se convirtiera en alguien que buscaba sexo con niños".

"Y algún padre lo descubrió y lo mató".

Roberts debía de ser una buena reportera; a sus ochenta y cuatro años aún sabía cómo reconstruir una historia.

36

Los Red Sox estaban repartidos por todo el campo. Un grupo lanzaba bolas a tierra, otros se estiraban en el campo exterior y en las bandas los lanzadores hacían lanzamientos a los receptores. Weaver y yo éramos los únicos que estábamos en el palco. No era tan ostentoso como esperaba, pero se trataba de una instalación de entrenamiento de primavera.

"Es un lugar agradable para ver un partido. Vendría más a menudo si pudiera sentarme aquí".

"Cuando quieras, detective. Avísame un día antes y me aseguraré de que así sea. Tráete a tu familia si quieres".

"Gracias. Te lo agradezco. Puede que acepte. Mi compañero sigue el partido más que yo".

"Avísame".

"Gracias, lo haré".

"Bien. Déjame preguntarte algo. No tiene nada que ver con Elby, pero es una cosa de leyes".

"Claro, adelante".

"Hay un tipo. Es un fan del equipo, y estoy bastante seguro de que me ha estado acosando".

"¿Qué te hace creer eso?".

"Aparece en casi todos los sitios a los que voy. Estoy noventa y nueve por ciento seguro de que me siguió a casa después del partido del martes".

"¿Te sientes amenazado por él?".

"Me ha pasado un par de veces cuando jugaba, pero casi siempre eran niños o mujeres merodeando. Esta vez es un poco espeluznante porque hemos estado recibiendo cartas desagradables por no firmar un contrato con Blair".

"¿De una persona?".

"Eso creemos. Quiero decir, hay muchos locos descontentos por esto y aquello, pero esto parece diferente".

"¿Hace amenazas en las cartas?".

"No exactamente".

"Dame un ejemplo".

"Solo dice que si no firmamos con Blair, sabe que es mi culpa. Y que hay muchos accidentes que ocurren todos los días y que no me equivoque porque no querrá que me pase nada. Es una especie de divagación sobre cómo los Sox tienen que tener a Blair, y si no lo conseguimos se va a acabar el mundo".

"No me gusta cómo suena eso. ¿Puedes identificar a esta persona?".

"Sí, va a todos los partidos. Tiene abonos para los entrenamientos de primavera. El tipo estaba aquí incluso cuando yo jugaba". Weaver se rió. "O está trabajando para Blair —quizá está recibiendo una parte de su contrato— o se le ha soltado un tornillo".

"Llamaré a un amigo mío, Tim Winters, en cuanto acabemos. Está con la oficina del sheriff del condado de Lee. ¿A qué hora es el partido hoy?".

"A la una".

"Si este loco va a venir aquí...".

"Oh, vendrá".

"Entonces quiero que llames a Winters cuando lo haga. Vas

a tener que presentar un cargo de acoso contra él. Pero lo arrestaremos, lo traeremos y veremos si podemos asustarlo para que entre en razón. ¿Estás de acuerdo con eso?".

"Por supuesto. Pero no quiero que lo arresten en el estadio".

"Ellos no harían eso. Winters lo agarrará después del partido. Lo mantendrá en secreto. Anota su número".

"Vale, te lo agradezco de verdad. ¿Sobre qué querías preguntarme?".

"Tú y Elby pasaron mucho tiempo juntos, ¿verdad?".

"Sobre todo aquí. Nuestra relación giraba en torno al béisbol. Le encantaban los Sox, y si siguiera aquí, nos mudaríamos a Collier".

"¿Por qué se vino abajo el acuerdo para la mudanza?".

"Elby lo impulsó. Hubo mucha oposición por parte de las empresas y los aficionados. Una vez que se fue, se vino abajo".

"¿Por qué? ¿Quién tiró del enchufe?".

"La fundación de la familia Salter, según tengo entendido, asumió todos o la mayoría de los intereses de Elby, incluidos los terrenos para el estadio. Se retiraron".

"¿Chadwick tomó la decisión?".

"Sinceramente, no sabría decirlo. Nosotros, el equipo, intentamos salvarlo, pero al final, decidimos que luchar contra ellos y otros que querían que nos quedáramos no merecía la pena. Y mira, este lugar no es tan malo, ¿verdad? Es muchísimo más nuevo que Fenway".

Ver a un grupo de jugadores trotar alrededor del perímetro del campo de juego bajo el sol era un bonito espectáculo.

"Déjame preguntarte algo más personal sobre Elby. ¿Alguna vez lo viste insinuarse a una chica joven?".

"¿Qué quieres decir?".

"Hace unos años se presentó una denuncia contra él, acusándolo de tener relaciones sexuales con una menor".

"Lo sabía, pero se retiró. Al parecer, era solo una exnovia buscando dinero".

"Bueno, parece que lo consiguió".

"¿Perdón?".

"Se llegó a un acuerdo con la madre de la chica que hizo la acusación. Ella firmó un acuerdo de confidencialidad a cambio de lo que debe haber sido una buena cantidad de dinero".

"¿Estás diciendo que había algo en la acusación, y él le pagó para mantenerlo en secreto?".

"Estoy tratando de armar el rompecabezas. También se presentaron otras tres demandas civiles contra él que fueron resueltas y los detalles sellados por el tribunal".

"¿Y crees que tuvo que ver con algo perverso?".

"Mi trabajo es explorar todas las posibilidades, y a veces se pone feo".

"¿Qué, Elby era un pedófilo o algo así? ¿Y sobornaba a la gente?".

"No puedo decirlo con certeza, pero la posibilidad existe".

"¿Pero por qué estas mujeres tendrían que ir a un tribunal?".

"No estoy seguro, pero puede ser tan sencillo como demostrar que iban en serio".

Se llevó las manos a la cabeza. "Me tienes aturdido. No sé qué pensar de todo esto".

"Piensa en cualquier cosa en ese sentido. ¿Algún comportamiento que pareciera fuera de lugar?".

"Lo único que se me ocurre, y no estaba fuera de lugar, es por lo que dices, era que Elby siempre se aseguraba de estar aquí cuando hacían eventos para los hijos de los jugadores".

"¿Algo parece sospechoso en retrospectiva?".

"No que se me ocurra en este momento".

"Dale vueltas a esto, y hazme saber si se te ocurre algo"".

37

DERRICK LEVANTÓ EL TELÉFONO, HABLÓ UN MOMENTO Y DIJO: "Frank, hay una reportera, Roberts, en la línea".

¿Se había acordado de algo, o me había convertido en una alternativa al bridge y los cócteles?

"Hola, señora Roberts. ¿Cómo está?".

"No podría estar mejor. Escuche, después de que se fue, empecé a pensar en todo el asunto. Pasaron muchas cosas en ese entonces".

"¿Las acusaciones contra Florence Salter?".

"No, ella no. Mencionó la posibilidad de que un grupo de los que mueven los hilos actuaran juntos para conseguir sus fines. Es cierto, pero creo haberle oído insinuar la posibilidad de que hubieran dado un giro oscuro".

"No puedo decir mucho, pero es seguro que cuando se reúnen, no están jugando al Scrabble".

"Deberían. Me mantiene alerta. Me di cuenta de cómo realmente no había visiones opuestas. Todos apoyaban la propuesta que fuera, y eso era todo. Pero recordé que había un hombre, Dennis Harding; era de la costa este y poseía un par de parcelas en Gulf Shore Boulevard, junto a Venetian Village. Harding había heredado los terrenos y se había trasladado a Naples para urbanizarlos".

"¿Harding? No me suena el nombre".

"No me sorprende. Usted andaba en bicicleta cuando él estuvo aquí. Harding pretendía levantar un montón de rascacielos residenciales en el terreno".

"Supongo que lo consiguió. Siempre me pareció extraño que ése sea el único lugar del Golfo donde hay edificios altos agrupados".

"Lo consiguió, pero hubo bastante batalla. Hubo mucha resistencia al plan de Harding, pero él tenía las aprobaciones para el proyecto; eran derechos adquiridos de cuando su padre era propietario. Le llevaron a los tribunales, pero se impuso. Volvió a West Palm, pero empezó la construcción de la primera torre".

"Eso es interesante".

"Aquí es donde se pone interesante. El marco de hierro para la primera torre estaba arriba, y Harding llegó para la colocación de la primera piedra del segundo edificio. Podría ser mi imaginación, pero esa noche murió en un accidente de auto en Alligator Alley. Golpeó algo que se había caído de un camión, perdió el control de su auto, y fue encontrado muerto".

ESTABA TUMBADO en el suelo jugando con Jessie cuando Mary Ann dijo: "Frank, tu móvil está sonando. Es Derrick".

"Ya vuelvo, dulzura". Besé una pierna regordeta y me levanté.

Le tomé el teléfono a Mary Ann. "No la pierdas de vista".

"¿Qué pasa?".

"¿Adivina quién estaba en Estados Unidos?".

"Te quiero, hermano, pero prefiero estar jugando con Jessie que contigo. ¿De qué estás hablando?".

"Dos de los rufianes de la familia criminal Redoux volaron a los Estados Unidos. Uno llegó a Miami justo cuatro días antes de que dispararan a Salter, y otro tío voló a Atlanta nueve días antes del asesinato".

"Carajo. Puede que estemos sobre algo. ¿Volaron de vuelta?".

"No hay registro de que se fueran. Podrían haber cruzado la frontera hacia México o Canadá. La vigilancia es limitada, especialmente a la salida".

"¿Tienes fotos de los hombres?".

"Fotos de pasaporte, pero son de hace un par de años".

"Está bien por ahora. A ver si las autoridades francesas tienen fotos recientes de los dos. Pero primero, llévale esas fotos al testigo que dijo que vio algo esa noche".

"Ya le he llamado. Estoy en el auto yendo a verlo. Estaré allí en un par de minutos".

"Así se hace".

"¿Quieres venir? Puedo esperar allí".

Me gustaría, pero él parecía tener las cosas bajo control. "Es todo tuyo; solo ten cuidado. Una foto a la vez. Dale tiempo suficiente para reflexionar, y no le des pistas sobre quiénes son los tipos".

"Entendido".

"Llámame tan pronto como hayas terminado con él".

"Vale. Espera, olvidé decirte que Marie Redoux, estaba en Francia cuando dijo que estaba allí".

"Podría ser que ella lo planeara así para tener una coartada".

"De todos modos, no la veo cometiendo el asesinato. Si ella tuvo un papel, fue en la contratación de alguien o conseguir un miembro de la familia para hacerlo".

"Pero si no era dinero, necesitaría algo convincente para que su familia se metiera. Los corsos pueden ser duros, pero no son una banda callejera de Chicago, que mata por diversión".

"Cierto".

"Veamos primero qué tiene que decir tu testigo. Buena suerte".

Volví a la sala de estar tratando de procesar la probabilidad de que Elby Salter fuera asesinado por criminales franceses. Mary Ann sostenía ambas manos de Jessie, ayudándola a intentar caminar.

Me puse de rodillas. "Mírate, Jess. Estás caminando".

"Ella está haciendo mucho por su cuenta".

"Va a estar caminando pronto. No puedo creer lo grande que se está poniendo".

"Estoy pensando en volver a trabajar el mes que viene. ¿Qué te parece?".

"Podemos usar el dinero, pero estoy teniendo dudas con todo. ¿En quién podemos confiar para que la cuide?".

"Charlene dijo que usó un servicio y que eran maravillosos".

"¿Un servicio? ¿Vamos a dejar a nuestra hija con un completo extraño? No lo creo".

"Son profesionales, Frank. Tienen currículums y referencias que podemos comprobar".

"Mira, ¿podemos no tener esta conversación ahora mismo? Podemos permitirnos tenerte en casa con Jessie unos meses más".

"No es el dinero, Frank".

"¿Entonces qué es?".

"Me estoy poniendo un poco inquieta quedándome en casa. Eso es todo".

Quería decirle que podíamos cambiar de lugar, pero entendí de dónde venía. Mary Ann era una buena detective y estaba acostumbrada a que las cosas se le vinieran encima como un aguacero de verano.

"Prepararemos un plan, no te preocupes. Quizá en dos meses podríamos hacer dos días a la semana para hacérselo más fácil a Jessie".

"Lo he pensado mucho, Frank. Pensé que tres medios días es mejor para empezar. Recursos Humanos dijo que podría solucionarlo, y creo que es lo mejor".

Quería quejarme de su enfoque unilateral, pero me gustó la idea. "Es una buena manera. Solo estaría a solas con alguien un par de horas. Estaría de vuelta antes de que se diera cuenta. ¿Pero no podemos hacer dos días para empezar?".

"Déjame ver cómo van las cosas con ella la próxima semana o así".

"Vale. Suena bien".

Revisé mi teléfono. Nada. ¿Por qué no había llamado Derrick? Dijo que estaba a unos minutos. ¿Le había pasado algo? Marqué su número.

38

DERRICK ESTABA ABAJO HACIENDO SU NECESARIO TRABAJO DE
tirador en el campo de tiro. Sorbiendo las últimas gotas de café
de mi taza de viaje, me pregunté si tendría un café Dunkin' para
mí en alguna parte. Eso esperaba. Había llegado a depender más
de él que del café industrial de la cafetería.

Estaba leyendo un artículo sobre la interpretación del
lenguaje corporal cuando sonó mi teléfono.

"Luca, homicidios".

"Hola, detective Luca. Soy Ron Weaver".

"¿Cómo estás, Ron?".

"Bien. Quería darte las gracias por involucrar al detective
del condado de Lee".

"Tim Winters, es un buen hombre".

"Bueno, arrestó a este tipo, y no hubo ninguna conmoción.
Fue como, uno, dos, tres, y él estaba en la parte trasera del
auto".

"Me alegro de que funcionara para ti".

"Estaba preocupado. Ya sabes cómo se vería que arrestaran a
un fan. Pero no creo que más de un puñado de personas en el
estacionamiento supieran lo que estaba pasando".

"Eso es bueno. Este tipo te dejará en paz ahora. Probablemente solo necesitaba un buen susto".

"Lo sé, pero preferiría no presentar cargos y convertirlo en algo grande".

"Puedes retirar la denuncia en una semana o así. Dejarlo reposar un tiempo".

"Es una buena idea. Voy a hacer eso".

Derrick entró, sin café.

Le dije: "Eso está bien, Ron. Tengo que irme".

"Vale, pero estaba pensando en lo que dijiste sobre Elby y cualquier cosa rara".

"¿Te vino algo a la mente?".

"Probablemente no sea nada, y siento que estoy arruinando su reputación...".

"No pasa nada. Lo que digas se queda aquí. ¿De qué se trata?".

"Bueno, un día estábamos en un partido y dijo que una mujer se parecía a la hija de su novia Marie. Luego dijo, excepto que la hija tenía un par de senos increíbles para una niña".

"¿Dijo algo más?".

"No, eso fue todo".

"¿Hacía regularmente ese tipo de comentarios?".

"Ni más ni menos que la mayoría de los hombres".

"¿La mayoría de los hombres?".

"Debería haber dicho atletas. Estoy rodeado de muchos de ellos, y bueno, pueden ser un poco rudos".

"¿Parecía Elby emocionado cuando hablaba de la hija de Marie?".

"No le presté mucha atención cuando lo dijo".

"¿Recordaste algo más?".

"No. Y tengo que decir que si no hubieras sacado el tema, probablemente ni siquiera habría hecho la conexión".

"Entiendo. Pero hazme un favor, ¿quieres?".

"Claro, ¿qué necesitas?".

"Cuando un imbécil haga un comentario así, no lo dejes pasar. Di algo, o métele un maldito calcetín en la boca".

"Oh, sí, definitivamente lo haré. Que tengas un buen día".

Colgué el teléfono de golpe.

"¿Qué está pasando?".

"Era Weaver. Dijo que Elby había hecho algún comentario sobre la hija de Marie en el estadio".

"¿Qué dijo?".

"Algo sobre que la chica tenía los pechos grandes".

"El tipo era un maldito patán. Probablemente era un pervertido".

"No sé qué pensar de esto. Estos imbéciles se van de la lengua. Me gustaría meterles el puño en la garganta".

"No vale la pena enojarse. Relájate".

Para él era fácil decirlo. No tenía una hija por la que preocuparse. "Voy a mear".

Sentado en la taza me di cuenta de que la emoción no iba a solucionar nada. ¿Qué significaba realmente la información que Weaver me había transmitido? ¿Era posible que Elby Salter se hubiera pasado de la raya con la hija de Marie Redoux? ¿La había agredido sexualmente? ¿Era esto una confirmación de que era un pedófilo?

Si había algo de verdad en la extrapolación, teníamos nuestra motivación. No era Marie actuando como una amante despechada, sino como una madre empeñada en vengarse de la violación de su bebé. Era una reacción poderosa y lógica, si es que lo era.

Cuando empecé a orinar, me di cuenta de que, viniendo de una familia cómoda con el crimen, a Marie le habría resultado fácil organizar el asesinato. No tenía que buscar entre bastidores con personajes sospechosos para encontrar a alguien que no solo lo hiciera, sino que lo hiciera bien y mantuviera la boca cerrada al respecto. Podía acudir a gente que conocía y en la que presumiblemente confiaba. Era sencillo y, francamente, demasiado cómodo. ¿Los familiares tenían descuento en los contratos por asesinato?

¿O había sido algo que estaba fuera de su control? ¿Había llegado a su familia la noticia de la transgresión de Elby, si es que la hubo, y habían tomado cartas en el asunto? Tal vez Marie trató de impedirlo, pero se topó con ese retorcido asunto del honor que a los criminales les gusta invocar para explicar su comportamiento.

Al subir la cremallera, me pregunté por qué el testigo no había identificado a ninguno de los dos franceses como el que estaba con Elby Salter la noche de su asesinato. ¿Podría haberle fallado la memoria? Los testigos oculares eran problemáticos: siempre estaban seguros de lo que habían visto, hasta que dejaban de estarlo.

Si fueron miembros de una familia criminal francesa quienes lo hicieron, podrían haber estado disfrazados. Según la Interpol, eran asesinos a sueldo experimentados, acostumbrados a tomar todas las precauciones posibles para evitar ser detectados.

¿Dónde diablos estaban ahora? Una vez que alguien entraba en el país, seguirle la pista era casi imposible. Si entraban, daban el golpe a Salter y salían del país, nunca les atraparíamos.

Al secarme las manos, un hilo de bilis me golpeó el fondo de la garganta. Recordé lo que había dicho el instructor del curso de formación de detectives sobre la captura de los autores: Si alguien iba a una ciudad a cientos de millas de distancia, nunca había estado allí ni conocía a nadie, cometía un crimen y se marchaba, había pocas posibilidades de atraparlo.

En este caso podríamos saber quién lo hizo, pero estaba a cinco mil millas de distancia, protegido por un gobierno extranjero. Llevar un caso contra ellos sería remar alrededor del mundo en un kayak agujereado.

39

El tráfico del mediodía en dirección norte por la 41 estaba prácticamente parado hasta que pasé Immokalee Road, momento en que abrí la ventanilla y pisé el acelerador. No podía esperar a oír lo que tendría que decir. Al entrar en el estacionamiento, supe que era un punto crítico de la investigación.

Las mesas exteriores estaban vacías. Abrí la puerta del Auberge y observé el comedor cuadrado. Cuatro mesas de dos, y seis en una redonda, estaban almorzando, pero no estaba Marie.

Una mesera sonriente levantó un dedo mientras llevaba una botella de vino blanco a una mesa. La metió en una cubitera y se apresuró a acercarse.

"Buenas tardes. ¿Cuántos son hoy?".

"No he venido a comer. Necesito hablar con Marie Redoux".

"Oh, hoy no está".

"¿Está enferma?".

"No, dijo que le había surgido algo".

Iba a ir a su casa, pero le pregunté: "¿Vendrá mañana?".

"No creo. Normalmente mañana estoy libre, pero me pidió que me asegurara de venir".

"De acuerdo. Quizá nos veamos mañana para comer".

"¿Puedo decirle quién vino a verla?".

"Estoy con un distribuidor de vinos, nada importante, solo quería hacerle probar algo que creo que le gustará. Volveré, gracias".

¿Dónde diablos estaba? ¿Había huido, creyendo que nos acercábamos? Por precaución, llamé a Derrick para avisarle que me dirigía a casa de Marie. Era un protocolo que normalmente no seguía.

MARIE REDOUX VIVÍA EN ESPLANADE, una nueva comunidad que obligaba a todos los propietarios a unirse a su club de golf. Conduje junto al campo de golf, pasé junto a una docena de pistas de tenis e hice un giro, pasando junto al nuevo furor en estilo de vida activo, las pistas de pickleball. No entendía la necesidad del pickleball, pero tampoco entendía el golf.

Parecía que las casas a ambos lados de Terrace Way tenían vistas al agua. Traté de recordar cuáles eran los precios. Las casas eran grandes. Con vistas al agua, tenían que rondar el millón y medio.

Marie vivía a mitad de la manzana, en una casa de una planta de color beige. Un par de palmeras reales se erguían como centinelas a cada lado del camino de entrada. No había ni un solo auto en la calle. Subí por el camino hacia una palmera que se balanceaba y tapaba la puerta.

Me pregunté qué vistas tendría la casa y llamé al timbre. No contestaron. Acompañé el siguiente toque con un par de golpes. Nada. Quizá estaba sentada en la terraza. Mis zapatos se hundieron en la hierba húmeda mientras caminaba por el lateral de la casa.

La piscina en forma de riñón estaba protegida. Caminé hacia

el agua y miré hacia atrás. No había nadie en la parte cubierta de la terraza. La casa estaba vacía.

Volví a subirme a la Cherokee y me dirigí a la oficina, preguntándome dónde estaría Marie Redoux.

"¿HAS LOCALIZADO A MARIE?".

"No. Tampoco estaba en casa".

"Extraño, pero podría ser legítimo".

"Por eso no saco conclusiones precipitadas, a pesar de ser medalla de oro olímpica en este deporte".

"Gracioso".

"Mira, pon a Aduanas y Fronteras al teléfono. Tenemos que conseguir una alerta sobre estos chicos franceses. Quiero cada par de ojos buscando a estos dos, especialmente a lo largo de la frontera canadiense".

"¿Por qué crees que irían a Canadá en vez de a México?".

"Millones de canadienses hablan francés, especialmente en Quebec, donde la mayoría lo hace".

"Sí, Lynn y yo fuimos a Montreal y no podíamos creer que fuera el idioma principal allí".

"Hay una larga historia entre Francia y Canadá. Me preocupa que no los cuestionen si cruzan".

"Me pondré a ello".

"Y quiero imágenes de ellos entrando en Miami y Atlanta. Consigue el video de cómo se ven ahora y muéstraselo al testigo. A ver si puede identificar a alguno de ellos".

"Ya estoy en eso. Presenté las solicitudes esta mañana".

"Bien".

Derrick tomó su teléfono mientras yo miraba las fotos de los hombres que necesitábamos encontrar. Jacques Redoux tenía treinta y seis años, barba bien recortada y pelo negro ondulado.

¿Era teñido? Era primo hermano de Marie. Supongo que probablemente estaba a cargo de la operación. Había volado a Miami, mientras que Pierre Bouchard había llegado al aeropuerto de Atlanta.

Bouchard tenía una nariz afilada y una pequeña cicatriz en la barbilla. ¿Era éste el gatillero? No se parecía al hombre del boceto que había dibujado el policía. De hecho, ninguno de los dos hombres se parecía en nada al dibujo.

Estaba tan preocupado como cualquier otro ciudadano por la pérdida de intimidad causada por el creciente número de cámaras que se estaban instalando. Pero me hubiera gustado tener algún video con el que trabajar.

Parecía una película de Hollywood: asesinos extranjeros que se cuelan en el país para vengar un acto atroz. Vendería entradas, pero, como la mayoría de la basura que sale de la industria, ¿se alejaba mucho de la realidad?

Me molestaba que Marie no hubiera aparecido por el trabajo, que no estuviera en casa y que no contestara al teléfono. Tal vez fuera una coincidencia, pero yo no soy partidario de las coincidencias.

40

Marie contestó cuando Derrick llamó al restaurante a las 10.30 de la mañana, disculpándose por haberse equivocado de número. Yo estaba esperando en el otro extremo del estacionamiento y, cuando me dijo que había llegado, me apresuré a la puerta del Auberge. Estaba cerrada.

Llamé a la puerta varias veces, preguntándome si saldría corriendo por la puerta de atrás. Por fin apareció Marie, con una bandeja llena de cubiertos. Frunció el ceño al verme, dejó los cubiertos sobre una mesa y abrió la puerta.

"¿Así que fue usted ayer?".

"¿Qué le dio la pista?".

"No hay distribuidores de vino que se parezcan a George Clooney".

Era infantil, pero me gustó el cumplido; me hizo sentir que aún lo tenía. ¿O el pelo de Clooney también tenía más sal que pimienta?

"Hay preguntas que debe responder".

"¿En serio? Estoy muy ocupada, ¿y si prefiero no hacerlo?".

"Haré que le lleven a la oficina del sheriff para interrogarle.

No debería llevar más de tres o cuatro horas, si tienen una habitación disponible".

Sus ojos se entrecerraron. "¿Qué quiere de mí?".

"Respuestas sinceras".

Se cruzó de brazos. "He sido sincera".

"No estoy aquí para debatir con usted, señora. ¿Nos sentamos?".

Ella se hizo a un lado. "No tengo elección. Tenemos una gran fiesta reservada para el almuerzo. Que sea rápido".

Los restaurantes vacíos tenían la misma tristeza que pasar tu cumpleaños solo. Una celebración estaba a la espera, pero no había participantes para ponerla en marcha. Saqué mi Moleskine y me acomodé en una silla tambaleante.

"Tengo entendido que ha tenido un par de visitantes de Francia".

Una mirada cruzó su rostro. ¿Sorpresa o perplejidad? "¿Visitantes? No lo entiendo".

"Su primo Jacques voló a Miami".

"¿En serio? ¿Cuándo?".

"Justo un par de días antes de que Elby Salter fuera asesinado".

"Le dije antes que estaba en Francia cuando eso sucedió".

"Sí, lo sé. Lo verificamos con Seguridad Nacional".

"¿Entonces por qué me está interrogando?".

"No creo que sea una coincidencia que su tío dirija una familia criminal corsa conocida por los asesinatos a sueldo y que dos miembros de ese sindicato lleguen a la soleada Florida justo días antes de que Elby Salter acabe muerto. Eso es lo que me preocupa".

"No tengo ni idea de esa coincidencia, pero ¿quién es la otra persona? Dijo dos miembros".

Ella era honesta o estaba jugando un buen juego de tontos al preguntar por el segundo hombre. "Pierre Bouchard".

"Nunca he oído hablar de él".

"Eso puede ser cierto, pero no es sorprendente. Estoy seguro de que sabe que los asesinatos por encargo necesitan niveles de anonimato para ser efectivos".

"Detective Luca, el misterio que está tejiendo aquí puede ser fascinante en el cine, pero tengo un restaurante que dirigir".

"¿Envió su tío, Lucien, a un par de sus secuaces a matar a Elby Salter?".

"¿Por qué haría algo así?".

"Porque usted se lo pidió".

"Yo no hice tal cosa".

"O decidió por su cuenta corregir un error y proteger el honor de la familia".

"¿Y de qué honor habla?".

"De su hija".

Ella se inclinó. "Mantenga a mi hija fuera de sus alucinaciones. Ella no tiene nada que ver con esto".

"¿Sabe lo que pienso? Creo que Elby Salter cruzó la línea de alguna manera con su hija. No estoy diciendo que ella tuviera algo que ver con él. No fue su culpa. Pero hay indicios de que Elby Salter tenía un fetiche por las chicas jóvenes".

"¿Ha terminado? Porque no tengo nada más que decir, y debo prepararme para el almuerzo. Si tiene pruebas que respalden sus descabelladas ideas, preséntelas. Si no, le pido que se vaya".

Se levantó, con los hombros hacia atrás y los labios apretados.

"Gracias por su tiempo, señora Redoux".

En el camino de vuelta a la oficina, repetí sus respuestas. ¿Era su origen europeo lo que silenciaba la lectura de su lenguaje corporal? Era protectora con su hija, pero ¿quién no lo era?

Necesitaba más pruebas, algo que ella no pudiera negar,

quizá incluso algo que me permitiera hablar con la hija. Me encantaría interrogar a la niña, pero no quería hacerla pasar por nada a menos que tuviera pruebas sólidas de que ayudaría al caso.

———

DE REGRESO A LA OFICINA, Derrick llamó.

"Frank, ¿cómo te fue con Marie?".

"Nada que informar. Ella negó saber sobre los capos franceses que vinieron aquí. Incluso dijo que no tenía ni idea de que su primo estaba aquí, alegando que estaba en Francia en ese momento".

"Una buena coartada, pero se cae a la basura si esto es una conspiración".

"Lo sé, y lo que me molesta es que está en Francia para ver a su familia. ¿Qué posibilidades hay de que no sepa que su primo está aquí? Sería una de las primeras cosas de las que hablaría la gente. Ella vive en Florida, un primo vuela a Miami, ¿y no sale el tema?".

"Yo tampoco me lo creo. Ella tenía que saberlo. No me importa si es un primo segundo. Lynn tenía una tía de Irlanda, y esta mujer quería saber si conocíamos a su primo segundo. Y el tipo vivía cerca de Chicago".

"Ella también me calló tan pronto como mencioné a su hija. No quería hablar de ella, diciéndome que no la metiera en esto".

"¿Preguntaste por la niña y Elby Salter?".

"Sí, lo planteé con delicadeza, pero aun así enloqueció. No sé si hay algo ahí o no, pero necesito averiguarlo".

"Lo haremos. Mira, tengo copias digitales de las grabaciones de video de los aeropuertos de Hartsfield y Miami. Tengo mi portátil y voy a ver al testigo. Esperemos que pueda identificar a uno de estos hombres como el tipo que vio la noche que Salter fue asesinado. Si lo hace, estamos en camino".

Aprecié el sentido de urgencia de Derrick. "Sería una buena manera de empezar el fin de semana".

"Te llamaré y te informaré. Si no hay nada, nos vemos mañana. El partido es a la una. Pasaré sobre las once y media, ¿vale?".

"Perfecto. Avísame qué pasa con el video".

41

Nos abrimos paso entre una multitud de niños y ancianos hasta nuestros asientos. Más de la mitad de la gente iba ataviada con camisetas y gorras de los Red Sox. Los entrenamientos de primavera se habían convertido en un pilar para los habitantes de la zona.

El atractivo no era solo el clima: la acción estaba más cerca, los jugadores estaban más dispuestos a participar y las entradas costaban mucho menos que en la temporada regular.

"Estos asientos son geniales de verdad".

"Ojalá Weaver hubiera podido meternos en el palco, pero John Henry, el dueño del club, lo está usando hoy".

"Si me preguntas, estos son mejores; estamos más cerca del campo".

"Weaver dijo que estos asientos son para los cazatalentos de la organización".

"El año que viene deberíamos traer a las chicas a un partido".

"Esa es una buena idea. Dejaré que tú lo organices".

"De acuerdo. Todavía no puedo creer que los Sox dejaran ir a Blair".

"¿Lo hicieron?".

"Sí, anoche firmó con los Yankees. Le dieron un contrato de diez años".

"Me pregunto si Weaver tuvo algo que ver".

"Sí. Él y Riley dijeron que tenían un chico en las menores al que podían esperar en vez de un contrato largo y caro con Blair".

"Recuerdo que dijo algo sobre un jugador en las menores que pensaba que estaría listo a mitad de temporada".

"¿Quieres una cerveza?"

Los Red Sox se estaban quedando fuera, y los aficionados coreaban el nombre de Blair al unísono.

"¿Oyes a estos chicos? Es solo la cuarta entrada, por el amor de Dios. Hay tiempo de sobra".

"Los aficionados de los equipos ganadores no tienen mucha paciencia".

"Tienes razón. Me gusta el juego, pero no puedo imaginarme apoyando a un equipo que pierde todo el tiempo".

"Aquí viene Weaver".

Mientras se dirigía hacia nosotros, un coro de abucheos estalló.

"Hola, Ron, este es mi compañero, Derrick Dickson".

Se dieron la mano y dije: "Se toman esto en serio, ¿verdad?".

"Hombre, no sabes ni la mitad. La situación se puso fea cuando Blair fichó con Nueva York".

Un fan de una docena de filas atrás empezó a gritar: "Apestas, Weaver. Búscate otro trabajo". Levanté la barbilla en dirección al alborotador, y Derrick se fue para calmarlo.

"Siento todo esto. Tenemos fans apasionados".

"¿Por qué no subes al palco?".

"¿Seguro?".

"Sí, gracias por las entradas. Son geniales".

Por el rabillo del ojo vi a un hombre que subía las escaleras. Cuando me giré, arrojó una cerveza a Weaver, empapando una de las perneras de su pantalón y manchándome el brazo con un poco de espuma. El rojo de su cara casi coincidía con la B de su gorra.

Gritó: "Eres un imbécil. Necesitamos a Blair, idiota. Estás destruyendo el equipo".

No llevaba nada debajo de su rompevientos de Boston, que estaba desabrochado hasta el ombligo. Interponiéndome entre ellos, le puse la palma de la mano en el pecho húmedo, que enseguida apartó de un golpe.

"Cálmate y cuida tu lenguaje, tigre. Aquí hay niños".

"Me calmaré cuando este imbécil aprenda a dirigir un maldito equipo".

"Si no cierras la boca y te tranquilizas, te van a echar".

"Claro, de eso se trata este equipo, que se jodan los fans mientras estén sacando dinero".

Derrick se acercó diciendo: "Esta es tu última advertencia".

Clavó sus ojos en Weaver antes de darse la vuelta. Me pregunté qué habría en los abultados bolsillos de sus pantalones cortos mientras se pavoneaba de vuelta a su asiento.

Derrick dijo: "Qué lunático".

Yo susurré: "Creo que lleva algo. Parecía que tenía un bulto en la cadera derecha".

"Más vale que tenga permiso".

Antes de que pudiera responder, Weaver dijo: "Ese es el fanático que tu amigo arrestó".

"¿Me estás tomando el pelo? Al tío lo encerraron hace una semana, ¿y ya está montando un numerito?".

"Lo de Blair debe de haberle sacado de quicio".

"No me importa lo que pudo haber pasado, este tipo necesita estar medicado o encerrado".

Derrick dijo: "Es bastante obvio que no entendió el mensaje. Debería ser expulsado de aquí".

"No quiero causar una escena".

"Es tu decisión, pero si no lo haces, lo estás alentando a él y a todos los otros locos, a hacer lo que quieran".

"Frank tiene razón. No puedes permitirlo. Locos como él ahuyentarán a las familias".

Weaver bajó la voz. "Estoy en una situación delicada. La gente de relaciones públicas dijo que tenemos que tener cuidado al tratar con aficionados descontentos. Dijeron que a los Marlins les salió el tiro por la culata hace un par de años, y su asistencia nunca se recuperó".

Derrick dijo: "Lo recuerdo. Incluso hablaban de trasladar el equipo fuera de Florida".

Weaver dijo: "Así es. Siguen perdiendo mucho dinero. Hay un rumor de que podrían ser vendidos".

"Mira, no sé nada de marketing, pero no quiero que nadie salga lastimado, eso es todo".

"Yo también. Lo hablaré con los chicos del palco y veremos si podemos sacar algo recordando a los aficionados las normas de comportamiento del club".

"Bien. ¿Cómo se llama este tipo?".

"Eugene Smick".

A medida que avanzaba el partido, no perdía de vista a Smick. No hizo más que animar como loco mientras los Sox remontaban, ganando finalmente el partido por nueve a ocho.

Quería preguntarle a Weaver si recordaba algo más sobre la hija de Elby Salter y Marie Redoux y me dirigí al palco de propietarios en cuanto terminó el partido.

Weaver venía por el pasillo y sonrió. "Buen partido. ¿Verdad que sí?".

"No pensé que los Sox remontarían. Quizá no necesites a Blair después de todo".

"Eso espero, o estaré buscando trabajo".

"Estarás bien. Mira, solo quería saber de nuevo si recordabas algo más sobre Elby y Marie Redoux".

"Sabes, lo pensé mucho, pero no me vino nada a la mente. A él le gustaba ella, sin duda, y creo que se disgustó cuando ella rompió con él, pero...".

"¿Ella rompió con él?".

"Sí".

"¿Estás seguro?".

"Sí, estoy bastante seguro".

DERRICK ME ESTABA ESPERANDO en la puerta principal. Había un puñado de rezagados dando vueltas con la esperanza de conseguir autógrafos.

"Weaver dijo que Marie rompió con Elby. Eso no es lo que nos dijo".

"Mintió otra vez".

"Lo sé, pero ¿por qué? ¿Podría haberlo dejado después de que él hiciera o intentara hacer algo con su hija?".

"Conclusión lógica. ¿Pero por qué lo llamaba desde Francia?".

"¿Podría haber estado tratando de extorsionarlo?".

"Y él se negó a seguirle el juego, y ella lo hizo matar".

"Exactamente".

Derrick me dio un codazo. "Ahí va nuestro amigo".

Eugene Smick caminaba hacia una furgoneta blanca cuyas puertas traseras estaban cubiertas de pegatinas.

"Qué obsesivo. Tiene que buscarse una vida".

42

Mientras asaba un par de hamburguesas, miré hacia arriba y admiré el cielo teñido de naranja. Observar las estrellas también era algo que había empezado a hacer. Tendría que acumular algunos conocimientos sobre el planeta, de lo contrario Jessie pensaría que su padre no sabía nada antes de llegar a la adolescencia.

Mary Ann atravesó la puerta con Jessie en brazos. "¿Dónde está el control remoto?".

"Sobre la mesa".

"Tienes que ver esto. Hay disturbios en París".

El televisor cobró vida, mostrando a miles de manifestantes marchando por los Campos Elíseos. Había incendios cerca de las tiendas más caras del mundo.

"Dios mío, mira lo que están haciendo. Estábamos allí".

"Desagradable. ¿Qué los provocó?".

"Escuché algo sobre subir el impuesto a la gasolina".

"¿Qué, cinco dólares por galón no es lo suficientemente alto?".

"Mira, la tienda de Louis Vuitton está toda tapiada".

"La policía debería usar cañones de agua para detenerlos".

"Mira todas las pintadas en el Arco del Triunfo".

"Son tumbas las que están profanando".

El video de una fila de policías marchando con escudos anti-disturbios hacia los manifestantes fue interrumpido por un periodista que entrevistaba a un hombre enmascarado con un chaleco amarillo. A la derecha, se congregaba una multitud de sus compinches.

"Mira ese cartel. ¿Qué dice?".

"Liberté. Significa libertad en francés".

"¡Mierda!".

"¡Frank! ¿Cuándo vas a dejar de usar lenguaje soez enfrente de Jessica?".

"Lo siento, lo siento...".

"Para con las disculpas. ¿Quieres que sus primeras palabras sean palabrotas?".

"Lo prometo, ¿vale? Es solo que, ¿recuerdas ese cuerpo que fue encontrado en el barco en el muelle de Naples?".

"¿El que no tenía identidad?".

"Sí. Tenía un tatuaje que me pareció que estaba en español, pero podría ser francés".

ÍBAMOS A TODA VELOCIDAD por la Interestatal 75, acabábamos de pasar Venice. Estaríamos en Sarasota en menos de media hora. Era un viaje largo, y aunque violaba mi mantra sobre el uso diligente de nuestros recursos, me alegraba de que Derrick estuviera conmigo. Le dije: "Siempre pensé que el tipo del barco muerto era el desencadenante. Después de matar a Salter, alguien lo mató para asegurarse de que nunca hablara".

"Yo también. Por eso me sorprendió que no fuera uno de los franceses".

"Podría haber habido un tercer hombre en la operación".

"Eso es lo que estoy pensando. Podría haber sido un local que los franceses contrataron".

"O alguien contratado por el grupo de jugadores de póquer".

"No lo sé, Frank".

"¿Cómo terminó el auto de Elby en manos de una compañía controlada por Hamlet?".

"Espero que lo averigüemos hoy".

Un par de remolques formaban las oficinas de Sunshine Scrap and Waste. Pequeñas colinas de chatarra y autos aplastados salpicaban las varias hectáreas que comprendía la propiedad. Dos máquinas amarillas con forma de garra levantaban autos como si fueran cajas de cereales, y un par de trituradoras de color naranja, alimentadas por un tractor, escupían chirridos y tiras de metal.

Entramos en el remolque. Era lo que cabría esperar de un deshuesadero. La alfombra estaba desgarrada y en los cuatro escritorios había montones de papeles y piezas de automóvil. Una mujer salerosa con voz de fumadora fue a buscar a su jefe.

Dos hombres se abrieron paso hasta nosotros. Estrechamos la mano del director del astillero, Marty Vine, y del abogado de la empresa, Louis Alispi.

Vine tenía las manos ásperas como el papel de lija y llevaba una camisa blanca de vestir que podría haberle quedado bien hace veinte años. Su portavoz vestía traje azul y corbata roja. Con la mitad del tamaño de su cliente, no dejaba de ser una protección.

Nos apretujamos en el despacho de Vine, donde un aparato de aire acondicionado colgaba de la pared. Resultaba desconcertante por qué alguien había pegado tiras de papel a su salida, ya que emitía un fuerte zumbido cuando funcionaba. A través de la ventana, se apilaba un auto en las garras de una máquina.

Alispi se sentó con los brazos cruzados, atrapando a su cliente tras un escritorio apilado de papeles. Dijo: "Tengo entendido que está interesado en la adquisición por parte de Sunshine Scrap de cierto Ford Explorer de 2018".

"El que perteneció a Elby Salter".

"Los registros que tenemos indican que lo trajeron al astillero el veintiuno de febrero".

"¿A qué hora?".

"No registramos la hora del día".

"¿Quién trajo el todoterreno?".

"Un hombre llamado Dick Simon".

"¿Qué tipo de identificación requieren?".

"Esta es una copia de la licencia de conducir que presentó".

Tomé la hoja de papel. "¿Ha hecho negocios con este tipo antes?".

Alispi miró a Vine, que respondió: "No que yo sepa. Recibimos mil quinientos vehículos al mes, como mínimo, a veces mil seiscientos, o incluso mil setecientos".

Derrick era mejor que yo en matemáticas y dijo: "Eso son más de cincuenta autos al día".

"Si tú lo dices. Solo sé que si conseguimos sesenta o más al día, vamos bien".

Simón parecía un marine de corte y mandíbula cuadrada. Tenía sesenta y dos años y medía cinco pies y diez pulgadas. No necesitaría un arma para intimidar a alguien como Salter. Su dirección figuraba como 3874 Deerfield Drive en North Sarasota.

Derrick dijo: "¿Cuánto pagaste por el auto?".

"Quinientos cincuenta".

"¿Quinientos cincuenta dólares? ¿Por qué alguien vendería un auto relativamente nuevo por solo quinientos cincuenta dólares, cuando vale treinta o cuarenta mil?".

Alispi dijo: "No podemos especular sobre la motivación de los clientes del bufete, pero es dudoso que el valor que le asignaste sea exacto".

"¿Y por qué lo dices?".

Deslizó una fotografía por el escritorio. "Velo tú mismo. La imprimimos a partir de la foto digital tomada".

La pintura blanca estaba manchada. Parecía como si hubieran rociado el todoterreno con algún tipo de corrosivo. El techo de la parte trasera tenía una gran abolladura y faltaba la ventanilla trasera. La foto planteaba más preguntas de las que respondía.

Le pregunté: "¿El auto llegó en estas condiciones?".

"Sí".

"¿Y fue conducido por el señor Simon?".

"Sí, eso es lo que creemos".

"¿Creen o saben?".

"No tenemos razones para creer que nadie más que el señor Simon trajo el auto".

Estudié la licencia de conducir de Simon. Me resultaba difícil creer que no hubiera llamado a una grúa para trasladar un auto como éste unas veinte millas desde su casa del norte de Sarasota, a menos que hubiera algo sospechoso.

"¿Qué hicieron con el auto después de que llegó?".

Vine dijo: "Bueno, desmontamos las piezas que podemos vender o de las que podemos sacar metales preciosos, como el catalizador y las placas de circuitos. Ese tipo de cosas".

"¿Y luego qué?".

"Lo trituramos".

"El Explorer estaba en un contenedor con destino a China. ¿Quién ordenó eso?".

"Enviamos un montón de chatarra allí. Sus costos de mano de obra son una décima parte de los nuestros, y pueden hacer cosas allí que nos harían cerrar".

"¿Hubo algo fuera de lo común en el procesamiento de este auto?".

"¿Qué quiere decir?".

"¿Hubo un tratamiento especial? ¿Fue acelerado?".

"No que yo sepa".

"¿Recibió usted o alguien más alguna comunicación del exterior con respecto a este vehículo?".

"¿Del exterior? No entiendo".

"¿Alguien de la alta dirección o del holding propietario de estas instalaciones, o alguien de la familia Hamlet llamó o se comunicó de algún modo sobre la recepción, tramitación u organización del envío del Explorer en cuestión?".

"No hablé con nadie de nada".

Salimos de allí y nos dirigimos directamente a North Sarasota. No podía esperar a escuchar la historia de Dick Simon sobre el auto de Salter.

43

Solo tardamos quince minutos en llegar a Newton Estates, donde vivía Simon. Su calle daba a un parque donde había una biblioteca. Era un barrio tranquilo de clase media con casas bien cuidadas.

"Reduce la velocidad, Derrick, pero no te detengas. Su casa debe estar en el medio de la cuadra".

"Esa es. La verde".

Un hombre bajó por el lado de la propiedad empujando una podadora de césped. "¿Es él?".

"Sí, se parece a él".

"Lleva puestos audífonos. Estaciónate al lado".

Derrick y yo nos separamos metro y medio y nos acercamos a él. La camiseta de Simon abrazaba los músculos de su pecho y hombros. El tipo tenía la grasa corporal de un palo de escoba. Dejó de segar cuando pisamos su césped, puso el cortacésped a baja velocidad y se quitó los auriculares.

Derrick dijo: "¿Señor Simon? ¿Dick Simon?".

Dio un paso adelante. "Sí, soy yo. ¿Qué pasa?".

Mostramos nuestras placas. "Detectives Dickson y Luca de la oficina del sheriff del condado de Collier".

"¿Condado de Collier? ¿Qué quieren?".

"Queremos hablar con usted. ¿Podemos entrar?".

"Claro". Apagó la podadora. "Vengan conmigo".

La casa estaba oscura y fresca. Una gran pecera brillaba en el salón. En la encimera de la cocina había una barra de pan junto a un par de latas de atún.

"Tomen asiento. No sé en qué puedo ayudarles".

Nos sentamos alrededor de una mesa de mimbre con tapa de cristal.

"Tengo entendido que hace poco vendió un Ford Explorer a un deshuesadero llamado Sunshine Scrap and Waste en Sarasota".

"¿Ford Explorer?".

"Sí, un Ford Explorer blanco de 2018".

"Se equivoca de Dick Simon".

Desdoblé la copia de su licencia. "Ese es usted, ¿no?".

"Sí, pero el auto que tiré a la basura era el viejo Gremlin de mi esposa. Era un 1978 y me costaba arreglarlo más de lo que valía".

Derrick dijo: "¿Está seguro?".

"Por supuesto, estoy seguro". Se levantó. "Espere, voy por los papeles".

Derrick se levantó. "Espere, voy con usted".

"Lo que quiera. Están en el estudio".

Los tres caminamos por un pasillo hasta un estudio cuyas paredes estaban cubiertas de mapas. Me llevé la mano a la funda mientras Simon se agachaba y abría un cajón. Sacó una carpeta Pendaflex verde y la dejó sobre el escritorio.

"Aquí. Aquí está. Me dieron ciento cincuenta por él". Me mostró un recibo de Sunshine Scrap.

Hice una foto con el móvil y le pregunté: "¿Tiene el registro?".

Buscó en el archivo. "Aquí tiene".

Simon parecía ser legítimo. "¿Conoce a Elby Salter?".

"¿Se refiere al tipo rico que fue asesinado en Naples?".

"Sí".

"No. ¿Cómo podría conocerlo?".

"¿Conoce a alguien de la familia Hamlet?".

"Ni idea. Ni siquiera me gusta Shakespeare".

"¿QUÉ DEMONIOS ESTÁ PASANDO, FRANK?".

"Estoy tratando de entender lo que esto significa. Si Hamlet cree que puede tomarnos el pelo, le espera una gran tormenta de basura".

"¿Crees que pensó que aceptaríamos cualquier mentira que nos dieran?".

"Son demasiado cautelosos para eso. Por eso tenían un abogado allí, para asegurarse de que no pasara a mayores".

"Vine se va a joder cuando volvamos".

"Pensemos en esto. Quien haya matado a Salter tenía que ocuparse de su auto. En lugar de dejarlo en algún lugar para ser encontrado, sabiendo que iba a haber ADN recuperado, lo deshicieron. Una idea bastante buena, excepto que el auto era bastante nuevo".

"Y vimos el video del cajero; el auto no tenía ningún daño entonces".

"Buen punto. Además de quién trajo el auto, la pregunta es quién lo destrozó. El depósito de chatarra podría destrozarlo en segundos. Pero eso se sumaría al número de personas que formaron parte de cualquier plan".

"¿Crees que hay alguna posibilidad de que Redoux y Hamlet estén trabajando juntos?".

"Si lo están, entonces, seguro que lo hemos visto todo".

LE DIJE a Derrick que pulsara la sirena y las luces justo antes de entrar en la entrada del deshuesadero. Vine estaba en el porche del remolque antes de que saliéramos de la Cherokee.

"¿Qué está pasando?".

"Nos ha mentido".

"¿Qué? Yo no mentí".

"¿Quiere hacer esto aquí afuera?".

"No, vengan a mi despacho".

Nos acomodamos en las mismas sillas, pero él no tenía su chaleco antibalas sentado a su lado.

"Nos dijo que le compró el auto a Dick Simon".

"Sí, así es".

"Bueno, el señor Simon le vendió un viejo Gremlin, no un Explorer".

"Eso es imposible. El papeleo decía que venía de Dick Simon".

Le mostré mi teléfono. "¿Este recibo es suyo?".

"Eso parece. Sí".

"¿A quién dice que le pagaste?".

"Richard Simon".

"¿Por qué?".

Sus hombros se hundieron. "Uh, un Gremlin setenta y ocho…".

"¿Quiere explicar lo que está pasando aquí?".

"Yo, yo no lo entiendo. El papeleo debe haberse mezclado. Un momento".

Se dirigió a la puerta. "¡Ellen! ¡Ven aquí!".

Vine le dijo que revisara todos los expedientes, que algún papeleo se había mezclado. Tenía cara de preocupación pero no de pánico.

"Siento todo esto. Odio decirlo, pero no somos los mejor organizados por aquí".

Derrick preguntó: "¿Alguien le dio instrucciones de perder el papeleo del Explorer?".

"No".

"Está bien si lo hicieron. Usted solo díganoslo. No se va a meter en ningún problema. Solo cumplía órdenes".

"No. Nadie me dijo nada".

Le dije: "¿Está protegiendo a los Hamlet?".

"No, lo juro".

"¿Está seguro? Si lo hace, lo descubriremos, y entonces estará hasta las orejas de problemas".

"Se lo digo, el papeleo se confundió, eso es todo. Lo encontraremos, tarde o temprano. Ya verá".

Derrick dijo: "Será mejor que lo hagas. Y si intentas fabricar la documentación, nuestro laboratorio lo descubrirá, y te meterán entre rejas".

"Yo nunca haría algo así".

Le dije: "Vamos a volver a Collier, y quiero que piense en esto. Quizá recuerde algo sobre cómo se mezclaron los papeles. Si lo hace, nos lo dice No estamos interesados en usted. Le daremos un pase. No tiene que preocuparse".

"No sé cómo ha pasado, pero en cuanto lo averigüemos, los llamo".

"Bien". Señalé por la ventana. "Dígame, ¿sabe cómo operar uno de esos?".

"Claro, trabajé en uno así durante diez años".

44

Dije: "Vaya, este café está muy caliente".

"Cuando me dijiste que ibas a llegar tarde, lo puse a calentar en el microondas de la cafetería, dijo Derrick.

"Hemos entrevistado a una niñera esta mañana".

"¿Cómo te fue?".

"Es difícil, hombre. Quiero interrogarlas como a un sospechoso, pero la semana pasada la mujer me cortó y se fue. Puedes imaginarte la cantidad de quejas que recibí de Mary Ann".

"Tienes que estar seguro. Estás hablando de tu hija".

"Lo sé. Me gustaría encontrar una manera de mantener a Mary Ann en casa y ganar algo de dinero extra".

"¿Por qué no te mudas arriba, Frank? Llevas mucho tiempo en esto y ganarías un veinte por ciento más".

"No puedo. La gestión y jugar a la política no es lo mío. Además, me encanta cazar asesinos y trabajar en casos".

Derrick señaló la pizarra que colgaba entre nuestros escritorios. "¿Incluso cuando parece que nos perseguimos la cola?".

"Se vuelve frustrante, sin duda, pero seguimos en ello, y tarde o temprano, atraparemos al bastardo".

"Este es frustrante".

"Recuerda, da un paso atrás y revisa. El agua se aclara cuando lo haces".

"Entonces, tenemos el ángulo francés...".

"Empieza antes. Tenemos un hombre rico e influyente asesinado después de retirar tres mil dólares de un cajero automático. No sabemos si el retiro significa algo, pero el robo no encaja con la forma en que fue asesinado y abandonado. Estaba casado y sin hijos. Tiene un hermano, un posible competidor. Su mejor amigo, o a quien él consideraba su mejor amigo, es un exjugador y ejecutivo de los Red Sox, un equipo que él amaba e intentó trasladar a Naples".

"Estuvo involucrado en un montón de negocios diferentes, y con socios turbios como Friedman".

"Sin duda. También le gustaba acostarse con otras mujeres, mujeres casadas. Tuvo que hacer enemigos, con los maridos de las mujeres, y mujeres como Marie Redoux, que tenía las conexiones para matar a Salter. Luego está el rastro de demandas y rumores de su posible fetiche con chicas jóvenes".

"Si es verdad, es la motivación más convincente que probablemente tengamos".

"Es posible, pero formaba parte de un grupo de hombres poderosos que dirigen medio estado, uno de los cuales resulta ser el dueño del deshuesadero que organizó el envío de su auto a China bajo el pretexto de que estaba deshecho. Un lugar que asegura que falta la documentación del auto y cuyo encargado sabe manejar la maquinaria para que parezca un montón de basura".

"¿Y qué hay de esas reuniones? Toda la farsa del juego de póquer no es más que una tapadera".

"La pregunta es, ¿para qué? ¿Está relacionado con la pedofilia? ¿Se pasó de la raya con alguien del grupo? ¿O podría tratarse de un negocio que salió mal?".

"Parece que revirtieron el trato del estadio".

"Ese fue Chadwick. Tenía el control de los activos de Elby".

"¿Crees que estaba involucrado?".

"Es curioso. No puedo verlo actuando solo. Tal vez sea el asunto familiar. Pero como parte de algún grupo, con algún código estúpido, no puedo descartarlo".

"Estos no son mafiosos callejeros; son educados. No puedo verlo".

"¿Olvidaste el coeficiente intelectual que tenía Dwyer, el asesino en serie? Voy a ver a Chadwick. A ver qué sabe".

Haberme reunido con Chadwick varias veces y no haber visto nunca el color de la pintura que usaban dentro no solo era extraño, sino que me privaba de información. Cada vez que te encontrabas con un sospechoso o un testigo en su espacio personal era una oportunidad para asomarse a una ventana.

Volvía a ser su despacho, un entorno impersonal y estéril. Afirmaba la manera discreta en que parecía operar la familia Salter, pero lo único que aprendí vino de la foto de su despacho, la foto con algunos de los otros supuestos jugadores de póquer. Era información sólida, pero ¿qué significaba? ¿Era solo un grupo de hombres de negocios cooperando para llenarse los bolsillos? ¿Se dedicaban a amañar las cosas? ¿O había un componente maligno en este influyente grupo, quizá algo tan repugnante como la pornografía infantil?

Al cruzar la puerta de Southern Enterprises, reconocí inmediatamente la voz de Chadwick. Parecía el narrador de un documental. Estaba hablando con un socio y se volvió hacia mí cuando entré. Sonrió, terminó con su colega y dijo: "Vamos a mi despacho".

Encendió las luces y me di cuenta de que el cuadro de la pesca ya no colgaba de la pared. ¿Qué significaba eso?

"¿Cómo te encuentras, detective?".

"Estoy bien, gracias".

"Espero que podamos terminar esto en los próximos veinte minutos. Tengo un vuelo a Orlando en una hora".

Tenía que ser un avión privado, o estaba mintiendo.

"No hay problema. Dos cosas hoy. Tenía un par de preguntas más y quería compartir información sobre la investigación del asesinato de tu hermano".

Se puso rígido. "De acuerdo, adelante".

"En primer lugar, quería informarte que hemos localizado el vehículo de Elby".

"Oh. Supongo que eso es bueno".

Sabía que lo habíamos encontrado. Su amigo Hamlet probablemente lo había llamado antes de que volviéramos a la interestatal.

"El Explorer de Elby estaba en un contenedor a punto de irse de paseo a China".

Hizo crujir un nudillo. "Interesante".

¿Te enteras de que encontramos el auto en el que mataron a tu hermano y eso es interesante?

"Lo realmente interesante es que la empresa implicada en el intento de ocultar el vehículo es propiedad de un amigo tuyo, Robert Hamlet".

"Eso no es sorprendente. Probablemente controlan más de la mitad del mercado de chatarra del estado".

"También resulta que está en el grupo que se reúne el día quince, ¿no?".

"¿Qué insinúas, detective?".

"El señor Hamlet me dijo que se oponía al esfuerzo de Elby por trasladar los Red Sox a Collier. ¿Por qué tú y Hamlet estaban en contra del acuerdo del estadio?".

"Añadía poco valor económico, y combinado con un perfil de mayor nivel al que mi familia está acostumbrada, era poco atractivo".

"Tu hermano no estaba de acuerdo".

"Elby seguía al equipo como un niño de diez años y tenía los ojos cerrados. Incluso cuando recibió cartas amenazantes de los aficionados, siguió persiguiéndolo".

"¿Cartas amenazantes?".

"Eso es lo que Annabelle me dijo".

"¿Elby o ella te dejaron ver alguna de esas cartas?".

"Sí, Annabelle me mostró una. Era muy preocupante. Intenté decirle a Elby que tuviera cuidado, pero él desechó mi preocupación".

Annabelle me había dicho que Elby había destruido las cartas. ¿Estaba equivocada? "¿Recuerdas lo que decía la carta?".

"Algo así como que si no detenía los esfuerzos por trasladar al equipo se arrepentiría".

"¿Consideraste que la amenaza era creíble?".

"No sabía qué pensar, pero creí que lo más prudente era actuar con cautela.

Se oyó un pitido en el teléfono de su escritorio, seguido de una voz por el interfono.

"Señor Salter, siento interrumpir, pero usted quería saber cuándo llamara Sue".

"Dígale que ya la llamaré".

"¿Sue? ¿Será la misma Sue con la que su hermano tenía una aventura?".

"Oh, no. Era Sue, Sue Mallory, es una, una diseñadora con la que estamos trabajando en un proyecto".

"Estoy interesado en hablar con la Sue que tu hermano conocía. ¿Sabes dónde podría ponerme en contacto con ella?".

"No exactamente, pero solía trabajar en ese restaurante francés junto al campo de golf Imperial".

"¿Auberge?".

"Eso es". Sonrió. "Era típico de Elby. Estaba viendo a la dueña, y lo siguiente que sabes es que está involucrado con una de las empleadas".

45

"PARECE QUE ENCONTRAMOS A LA NOVIA DE ELBY, SUE".

"¿Me estás tomando el pelo?".

"No, según Chadwick, que ocultaba algo, dijo que esta Sue trabajaba en el bistró de Marie Redoux".

"¿Cómo demonios está todo esto conectado? Tenemos que hablar con ella. ¿Quieres que llame al restaurante y la localice?".

"No. No sé cómo encaja esto, pero no podemos alertar a Marie que sabemos de ella. Entra en el portal estatal y búscala en los registros de empleo".

"Buena idea".

"Voy a llamar a Annabelle. Chadwick dijo que ella le mostró una de las cartas amenazantes que recibió Elby. Pero antes quiero perseguir a Hamlet por filtrarle a Chadwick la noticia del Explorador de Salter".

"¿Se lo dijo?".

"Estoy bastante seguro. La forma en que Chadwick reaccionó no encajaba".

"Si están juntos en esto, tendrías que esperarlo".

"Sabes, tienes razón. Voy a dejarlo en paz. Quiero que

ambos piensen que no sospechamos nada. Consígueme los datos de contacto de Sue".

"Estoy allí ahora".

Llamé a Annabelle. No sabía si le había enseñado alguna de las cartas a Chadwick. Recordaba haberle hablado de ellas, pero no recordaba haberle enseñado ninguna. ¿Cada pieza de información en este caso vino preempacada con una película gris sobre ella?

LA MISTERIOSA SUE era en realidad Suzanne Lynn Bellows. Su carnet de conducir la situaba en 35 años y su estatura era de cinco pies y cuatro pulgadas Casada, vivía en Meadow Brook Preserve, un antiguo complejo de departamentos en la vieja 41.

Antes de irme, comprobé por cuánto se alquilaban. El precio medio era de mil quinientos al mes. Elby no le había dejado dinero.

Llamé al timbre. Ella miró por la mirilla, preguntando quién era yo. Estaba sola. Volvió a preguntar y yo repetí, mostrando mi placa. Se abrieron dos cerraduras y la puerta se abrió. Bellows tenía pómulos altos y ojos castaños de aspecto asiático. Su ropa deportiva se ceñía a su figura de instructora de yoga.

"¿Qué ocurre?".

"¿Suzanne Bellows?".

"Sí".

"Detective Luca, oficina del sheriff del condado de Collier. Me gustaría hacerle un par de preguntas sobre Elby Salter".

Su cara se ensombreció. "Oh, pase".

El departamento era interior, solo tenía ventanas traseras y un travesaño sobre la puerta. Me acompañó los cinco pies hasta una pequeña mesa de cocina. Había motivos florales y colores pastel por todas partes. Bellows vivía sola.

"Tengo entendido que usted y Elby Salter salieron juntos hace poco".

"Sí, todavía no puedo creer lo que le pasó".

"¿Cómo le conoció?".

"Yo era anfitriona en un restaurante y lo conocí allí".

"¿Auberge?".

"Así es".

"¿Cuándo fue eso?".

"Hace un año y medio más o menos".

"Pero entonces salía con Marie Redoux, ¿no?".

Ella sonrió. Era una sonrisa agradable. Como a la mayoría de la gente, a Elby parecían gustarle las sonrisas bonitas.

"Así es, y me costó mi trabajo".

"¿Porque se interpuso en su relación?".

"Yo no hice nada. Elby flirteaba conmigo a diestra y siniestra, pero yo necesitaba mi trabajo y estaba casada. Lo dejé de lado, pero Marie me despidió".

"¿Salió con él entonces?".

"No, estaba casada. Todavía lo estoy, pero hemos estado separados desde entonces, y ahora se acabó. Verá, mi marido, era policía en el condado de Lee, y tuvo que ser Marie la que le dijera que yo estaba liada con Elby. Era una mentira total, pero Tony tiene temperamento. Acabó costándole su trabajo, y siguió acusándome, y no pudimos llevarnos bien y nos separamos".

"¿Fue entonces cuando empezó con Elby?".

"No. No quería tener nada que ver con él, sobre todo después de negarlo con Tony. Lo habría perdido".

"¿Cómo empezaron las cosas con Elby?".

"Yo estaba en el día de apertura de los entrenamientos de primavera de los Red Sox con Tony. Él es un gran fan, y solíamos ir todo el tiempo. No aceptaba un no por respuesta, así que me encontré con él allí. De todos modos, cuando estaba allí, me encontré con Elby. Empezamos a hablar, y ya sabe, me invitó a salir. Fue un poco gracioso porque solo lo vi porque estábamos como a veinte filas de distancia, y había todo este alboroto abajo de nosotros. Miré a ver lo que estaba pasando, y era Elby. Un fan le estaba gritando. Elby dijo que el tipo lo hacía todo el tiempo. De todos modos, volvimos a conectar entonces, y todo iba bien, pero entonces...".

"Dijo que su marido tenía mal genio. ¿Sabía que estaba saliendo con Elby Salter?".

"Sí. Tony me vigilaba como loco. Me acusó de verle todo el tiempo y de que le mentía".

"¿Qué tan molesto se puso?".

"Muy enfadado, pero yo llevaba fuera de casa unos buenos seis meses".

"¿Alguna vez amenazó a Elby?".

"Pensé que nos estaba siguiendo, pero Elby pensó que era un fan de los Red Sox".

46

LLEGAR ANTES QUE DERRICK A LA OFICINA SUCEDÍA CADA VEZ con menos frecuencia. Siempre había algo que me retrasaba, pero hoy me había levantado temprano con Mary Ann y Jessie. Necesitaba investigar al marido de Sue Bellows.

Derrick entró. "Hola, Frank, gracias por invitarnos anoche. Lynn no paraba de hablar de Jessica. En cuanto nos casemos, creo que vamos a intentar tener un bebé".

"No has vivido hasta que has tenido un hijo, pero tómate un año o dos para hacerlo. Van a necesitar tiempo el uno para el otro; ya saben, establecerse como pareja primero".

"¿Tú crees? Ya llevamos viviendo juntos casi un año y medio".

"Confía en mí en esto, compañero. Tómense su tiempo. Los dos son mucho más jóvenes que Mary Ann y yo. No se apresuren; quieren hacer esto bien".

"Gracias. Tendremos que hablarlo".

"Bien. Mira, este marido, Tony Bellows, de la novia misteriosa Sue, es un verdadero ganador. Hablé con mi amigo Tim Winters en Lee esta mañana. Dijo que cuando Bellows estaba en el cuerpo, Asuntos Internos tenía su número en marcación rápida".

"¿Qué hizo?".

"Más bien, ¿qué no hizo? Usó fuerza excesiva tres veces, la última con una mujer de 60 años a la que paró por exceso de velocidad. Bellows le rompió el brazo".

"Tipos como él realmente nos joden al resto de nosotros".

"Amén. No sé cómo llegan a la fuerza en primer lugar. Voy a ir a verlo. ¿Quieres venir?".

"No puedo. Tengo que esperar una llamada de Seguridad Nacional. Parece que tienen algo sobre nuestros amigos franceses".

"¿Intentaron salir del país?".

"Intentar no, uno de ellos puede haberse colado en Canadá. Están difundiendo un montón de videos, y yo voy a participar en una videollamada por Internet".

"Nadie entiende lo fácil que es cruzar, miles de millas y cientos de miles de personas cada día".

"Cuando despleguemos sistemas de reconocimiento facial será mucho más fácil".

"Los problemas de privacidad no deberían desbaratarlo. Todo el mundo tiene que mostrar su pasaporte, que tiene su foto. Me voy; hasta luego".

TONY BELLOWS TENÍA una actitud antes de que le dijera por qué estaba allí.

Bellows medía cinco pies y cuatro pulgadas, máximo. ¿Por qué los hombres de complexión más pequeña sentían la necesidad de demostrar que eran duros? Se teñía el pelo de negro, otro signo de sus inseguridades.

Su departamento era el doble de grande que el de su esposa,

pero tenía menos muebles que un dormitorio. Lo que sí tenía era una manta de los Boston Red Sox en el sofá y una colección de gorras de béisbol de Boston repartidas en dos estanterías. Le seguí hasta la cocina.

"Siéntate donde quieras".

Deslicé una silla de cocina y Bellows apartó una silla con un pie y se sentó. Con un codo apoyado en un brazo, tenía una constitución delgada que envidiaría un chico de diecisiete años de Brooklyn.

"Tengo entendido que trabajabas en la oficina del sheriff del condado de Lee".

"Así es. Seis años de servicio, y me tiraron a la acera como a un perro por una perra que se resistió al arresto".

Hace quince años me habría enzarzado en una pelea con este imbécil, pero no merecía la pena. "¿Qué haces ahora?".

"No mucho, ayudar a un amigo aquí y allá. Estoy esperando a ver cómo se resuelve la demanda que presenté contra el departamento".

"Como he dicho, estoy investigando el asesinato de Elby Salter. Tengo entendido que tu mujer empezó una relación con el señor Salter justo antes de que lo mataran. ¿Qué sabes al respecto?".

"¿Eso es lo que ella le dijo? Ella me engañaba con él cuando trabajaba en ese lugar francés. Fue entonces cuando empezó con él".

"¿Era una relación continua?".

"¿Qué me estás preguntando? Pregúntale a ella. Ella es la que se acostaba con él".

"Estoy tratando de obtener todos los ángulos".

"No hay más ángulo que uno. Ella estaba casada conmigo pero estaba chupándosela a un tipo rico...".

"Espera. Mantengamos esto civilizado, de lo contrario podemos hacer esto en el centro".

Las orejas de Bellows se aplanaron. Cambió su inclinación a otro codo.

"Tenemos un testigo que dice que estuviste acosando a Elby Salter en las semanas previas a su asesinato. ¿Es eso cierto?".

Tardó demasiado en contestar. Bellows era policía y sabía algo de interrogatorios. Estaba calculando una respuesta, sabiendo que si se metía en una madriguera de conejo, yo iba a estar justo detrás de él.

"No fue nada de eso".

"Dime, entonces. ¿Cómo fue?".

"Estaba furioso, hombre. ¿Cómo demonios te sentirías tú? De repente no vamos a volver a estar juntos, y ella dice que quiere el divorcio. Estoy como, tratando de averiguar qué cambió. Estábamos trabajando las cosas, incluso fuimos a un consejero matrimonial. Qué montón de mierda que era. Entonces ella dice que se acabó. Así que la seguí, tratando de ver qué pasaba. Eso fue todo".

"¿Y la seguiste cuando estaba con Elby?".

"Pero fue una vez, tal vez dos".

"¿Dónde estabas la noche del veinte de febrero?".

"Vamos, hombre. Tienes que estar bromeando. Soy oficial de policía".

"No importa lo que eras. Dime tu paradero esa noche".

"No lo sé. Probablemente estaba en casa".

"Como exoficial, sabes que *probablemente* no va a servir. Si quieres que me vaya, dame una coartada".

"No recuerdo tan atrás".

"¿Estarías dispuesto a entregar voluntariamente una muestra de ADN?".

"¿Estás loco? Me incriminarían en un santiamén".

"¿Realmente crees que te incriminaríamos por algo que no hiciste?".

"¿Tal vez no tú, pero los policías del condado de Lee? Oh sí,

¿te olvidas que los estoy demandando? Me incriminarían en algo solo para no tener que pagarme".

No estaba de acuerdo con su lógica, pero podía ver cómo se lo creía.

"¿Puedo usar el baño?".

"Oh, no, colega. No me vas a hacer ese truco".

Podía negarme la oportunidad de conseguir algo de ADN hoy, pero conseguiríamos algo. Tal vez había algo en un viejo archivo del caso. Si no, lo conseguiría de algún modo.

Le dejé y envié un mensaje a Derrick pidiéndole que le pasara la foto del carné de conducir de Bellows al testigo.

47

NUNCA HABÍA ESTADO EN UN PARQUE DE BÉISBOL NI EN NINGÚN recinto deportivo tanto como en JetBlue Park durante el tiempo que estuvimos intentando resolver el asesinato de Salter. Ron Weaver me había citado con un par de personas que trabajaban en contacto directo con los aficionados. Tenía una foto de Tony Bellows que quería enseñarles.

Era algo que necesitaba seguimiento. La conexión con los Boston Red Sox surgía con demasiada frecuencia como para ignorarla. El estacionamiento se estaba llenando, a pesar de que faltaban más de dos horas para el partido.

Un padre llevaba de la mano a dos niñas rubias que parecían tener entre seis y diez años. La pequeña saltaba como si fuera a Disney World. Me moría de ganas de hacer cosas con Jessie.

Oí un extraño ruido de motor sobre mi cabeza. Un biplano amarillo que remolcaba una pancarta de Geico se abría paso sobre el estadio. Por el rabillo del ojo vi una furgoneta blanca. ¿Era la furgoneta de ese fan loco?

Sentí la necesidad de investigar, y sorteé dos grupos de aficionados para acercarme a la furgoneta. Era un modelo antiguo, de finales de los noventa. Su antena estaba coronada con una pelota de béisbol. Un par de calcetines rojos y la leyenda "Campeones del Mundo 2018" estaban pintados en la ventanilla lateral. O la mujer de este tipo era tan fan como él, o no estaba casado.

Rodeando la parte trasera de la furgoneta, me quedé mirando un collage de pegatinas para el parachoques. Más de la mitad eran versiones sobre mantener el equipo en Fort Myers:

No te metas con nuestro equipo

Múdate y pierde

Lucha contra la mudanza

Mudarse es perder

Me puse de puntillas. Mirando a través de las ventanas traseras tintadas, no podía distinguir lo que había en el suelo. Los cristales excesivamente polarizados estaban prohibidos en muchos estados porque aumentaban el riesgo de que los agentes no pudieran evaluar la situación. Pero con el abundante sol de Florida, y el calor y el desgaste que conlleva, estaban permitidos.

Algo en el suelo parecía un animal pequeño, tal vez un perro. Llamé a la puerta, pero fuera lo que fuese no se movió. ¿Estaba muerto? ¿O me había equivocado? Intenté recordar el nombre del propietario y saqué una foto de la matrícula.

Envié un mensaje de texto a Derrick y estuve a punto de chocar con un vendedor de camisetas justo en la entrada. Parecía que más de la mitad de la gente estaba haciendo fotos con sus teléfonos. Haciendo fotos de todo pero sin ver nada, pensé. Entonces recordé que había estado caminando y jugando con mi teléfono, actuando igual que la gente a la que criticaba.

Me dirigí al mezanine, donde estaban las oficinas de los Red Sox. El espacio de trabajo del club era más pequeño de lo que esperaba. Una alegre mujer con una camiseta de béisbol de Chris Sale me saludó.

"Usted debe de ser el detective Luca. Soy Cathy Burns, la encargada del Servicio de Atención al Aficionado".

"Encantado de conocerla, señora".

"Bienvenido al estadio JetBlue. ¿Es su primera visita con nosotros?".

"No, he estado aquí antes. De hecho, mi compañero y yo estuvimos aquí para el partido de los Yankees".

"Genial".

"Sabe, pensé que habría más gente trabajando para el equipo".

"La hay, pero la mayoría están en Boston. El señor Weaver dijo que quería discutir los comentarios de los fans".

"¿Comentarios?". ¿Es la jerga de hoy para los fans vomitando sus opiniones?

"Me doy cuenta de que vivimos en una época en la que mucha gente siente la necesidad de decirle a los Red Sox cómo deberían hacer las cosas. A los aficionados les gusta quejarse. Llevan haciéndolo desde los Juegos Olímpicos de la Antigüedad. Desahogarse está bien, siempre que no pase a mayores".

"Tenemos una afición apasionada a la que le gusta expresarse".

"Tengo algunas preguntas que me gustaría hacer sobre algunos de los temas que tratan".

"Claro, encantada de ayudar en lo que sea".

"Lo que me interesa son las cartas, llamadas o personas poco habituales o que se repiten en exceso".

"Tenemos nuestros habituales. Pero lo comparamos con la gente que escribe carta tras carta al director de un periódico".

"¿Alguno de los habituales hace algo que una persona razonable consideraría exagerado o que cruza la línea de alguna manera?".

"La mayor parte de la interacción de los aficionados se dirige a los jugadores, y se divide a partes iguales en que deberíamos fichar a este jugador o deshacernos de aquel. Y hay bastantes quejas sobre la cuantía de algunos contratos, sobre todo cuando un jugador rinde por debajo de lo esperado".

La mayoría de los aficionados son gente normal que busca entretenimiento. Era lógico que se enfadaran por los millones de dólares que se arrojaban a personas que se ganaban la vida jugando a un deporte.

"Entiendo que la pérdida de Blair por los Yankees fue un punto sensible".

"Fue uno de los favoritos de los aficionados durante casi una década y forjó una relación con ellos. Fue una decisión de negocios, y me gustaría poder decírselos, pero tenemos que tener cuidado con la forma en que comunicamos el lado comercial de las cosas con los fans".

Era como una madre que protege a un niño que se porta mal. "¿Le suena el nombre de Tony Bellows?".

"Sí, ¿cómo supo de él?".

No necesitaba mostrar su foto. "Nos encontramos con su nombre. ¿Hizo algo que les llamara la atención?".

"Estaba molesto, como muchos aficionados, por Blair y las conversaciones sobre trasladar el equipo al condado de Collier. Debe entender que la mayoría de nuestros aficionados son tradicionalistas. Los Medias Rojas juegan en Fenway, después de todo. Es el estadio más antiguo del país. Incluso pusimos un marcador manual aquí, como el de Fenway".

"¿Hizo algo que le preocupara?".

"Escribía correos electrónicos todos los días, y una vez vino aquí gritando para ver al señor Henry, el dueño del club".

"¿Qué pasó?".

"El señor Henry no estaba aquí. Se lo dijimos, pero no quiso irse y tuvimos que pedir a los de seguridad que le escoltaran".

"¿Se puso violento?".

"Se resistió. Cuando el guardia de escolta intentó agarrarle del brazo, le empujó contra la pared. Intenté razonar con él, pero al final tuvieron que venir tres guardias para llevárselo, pero eso fue todo".

Bellows salió disparado hacia lo alto de la escalera de sospechosos. "¿Cualquiera puede subir por aquí?".

"Ya no. Después de ese incidente cerramos el pasillo".

"Discúlpeme un segundo". Un texto había llegado de Derrick. El nombre del dueño de la furgoneta que había olvidado era Eugene Smick.

"Cuando mi compañero y yo estábamos en el partido con los Yankees un aficionado tuvo un encontronazo con Ron Weaver. Este hombre estuvo insultando e incluso le tiró cerveza".

"¿En serio? El señor Weaver no dijo nada al respecto".

"El hombre se llama Eugene Smick".

"Oh, Eugene es un poco temperamental. La mayoría de la gente piensa que es un bicho raro, pero es un buen tipo. Sabe, una vez el año pasado mi auto no arrancaba, y él me vio en el estacionamiento y se acercó. Yo no lo sabía, pero por suerte para mí él trabaja en un lugar llamado Bobby's Auto Service, y fue capaz de arrancar mi auto".

"Fue muy amable de su parte".

"Lo fue, pero lo mejor fue que tenía algo que ver con el arranque, y me dijo que viniera directamente, y que me lo cambiaría a precio de coste. Así que llamé a mi marido y le dije que iba a ir a J & C Boulevard a arreglar el auto".

¿J & C Boulevard? Ahí fue donde tiraron el cuerpo de Elby Salter. Pero también era una zona industrial donde había cientos de empresas. Si trabajabas aquí y no te dedicabas al comercio o al turismo, era muy probable que trabajaras en esa zona.

48

A Chester no le hizo gracia que yo fichara a Tony Bellows. A veces Chester era un político, mientras que yo era siempre un detective de homicidios.

"Derrick, revisa el termómetro".

"Está marcando casi ochenta".

"Agradable y cálido. ¿A qué hora llega tu hombre?".

"Debería estar aquí en diez minutos".

"Perfecto".

Miramos el video. Bellows tenía puesto su escudo. Puede que fuera policía o que supiera que le estábamos vigilando, pero su postura era tan engreída en una sala de interrogatorios como en su departamento.

"¿Cuánto tiempo más quieres darle, Frank?".

"Han pasado cuarenta minutos; vamos a hacerlo".

Derrick llamó rápidamente a la puerta y entramos.

"Hace calor aquí, Frank".

"Oh, sí. Revisa el aire, ¿quieres?".

Bellows no apartó la mirada de la pared detrás de mí mientras me sentaba.

"Lamento el calor".

Un bufido fue su respuesta.

Derrick volvió a entrar. "Lo bajé a setenta".

"Gracias".

Derrick encendió el video y declaró las formalidades antes de hacer la primera pregunta.

"Señor Bellows, ¿cómo conociste a Elby Salter?".

"Sabes muy bien cómo lo conocí".

"¿Lo conocías antes de que tu esposa, Suzanne, iniciara una relación con él?".

"No".

"¿Te molestó la relación?".

Me miró. "¿Qué le pasa a este maldito tipo?".

"Cuida tu lenguaje, Bellows, y responde a la pregunta".

"Por supuesto, Sue era mi esposa; lo sigue siendo".

"¿Acosaste al señor Salter y a tu esposa cuando estaban juntos?".

"No era acoso. La seguí porque, de repente, ella ya no quería intentar salvar el matrimonio. Quería averiguar por qué".

"Y esa razón era Elby Salter, ¿no?".

"Sí".

"Y estabas tan enfurecido por ello que le disparaste en la nuca".

"Mira, colega, vine aquí voluntariamente, sin abogado. No necesito esta mierda, ¿vale?".

"Después de descubrir la relación siguiéndoles, ¿les seguiste otra vez?".

"Solo una vez más. Estoy bastante seguro".

"¿Bastante seguro? ¿No recordarías haber seguido a alguien?".

"Como dije, los seguí unas dos veces".

"¿Alguna vez seguiste a Elby Salter cuando no estaba con tu esposa?".

Casi podía oír el zumbido en su cabeza mientras vacilaba. No necesitaba responder; yo sabía que había seguido a Salter.

"No lo creo. Puede que le siguiera un rato después de dejar a Sue".

"¿Por qué harías eso?".

"No lo sé. Simplemente lo hice".

"¿Alguna vez te enfrentaste a él?".

"No. Nunca haría algo así".

Derrick hizo una buena pregunta. "¿Alguna vez seguiste a tu esposa?".

"Sí, claro que lo hice. Necesitaba que la vigilaran, ¿no?".

"¿Alguna vez amenazaste a tu mujer?".

"Lo que le dije a mi mujer es entre nosotros. No es asunto tuyo".

Le dije: "Entiendo que querías hablar con el señor Henry, el dueño de los Red Sox".

"¿Qué es eso, un delito en el condado de Collier?".

"Nos dijeron que cuando te dijeron que no estaba, provocaste una escena".

"Él estaba allí. El gallina tenía miedo de hablar conmigo, de enfrentarse a los hechos de que él y sus colegas están jodiendo a los fans que ponen dinero en sus bolsillos".

"Te negaste a irte, y cuando un guardia de seguridad fue llamado para ayudar, te pusiste violento con él".

"El maldito policía de Kmart me puso las manos encima. Nadie me pone las manos encima. Nadie".

"Cuando te enfrentaste a Elby Salter, ¿te puso la mano encima y por eso le disparaste y le mataste?".

"No".

"¿Querrías reconsiderar esa respuesta?".

"Mira, yo no le hice nada".

"Tenemos un testigo que nos dio una declaración jurada de

que dijiste: "Voy a matar a ese rico bastardo". ¿No es eso lo que dijiste?".

"Eso es mentira. Todo el mundo dice cosas que no piensa. Estaba enfurecido, frustrado, ¡maldita sea! ¿Por qué no puedes entender eso?".

"¿Lo dijiste o no?".

"Oh, vaya. ¿Qué, estás trabajando con esos bastardos en Lee County? No tenían derecho a echarme del cuerpo. Estaba haciendo mi maldito trabajo".

"No tenemos nada que ver con lo que pasó en Lee County, incluyendo cualquier demanda que tengas contra ellos. ¿Amenazaste a Elby Salter?".

"De acuerdo, ya. Dije algunas cosas, pero eso no es ningún delito, y lo sabes. No sé qué está pasando aquí, pero quiero a mi abogado".

"Vamos a terminar nuestro interrogatorio, entonces. Puedes llamar a tu abogado y que se reúna con nosotros aquí abajo. Irás a una rueda de identificación, con o sin tu abogado".

Sheldon Fisher, abogado del Sindicato Internacional de Policías, tardó una hora en llegar. Los agentes que trabajaban para el sheriff del condado de Lee estaban sindicados, algo que no ocurría con los agentes del condado de Collier. Fisher había defendido y perdido el intento de Bellows de luchar contra su expulsión del cuerpo. ¿Seguía pagando cuotas sindicales?

Bellows y Fisher se encerraron en una habitación privada antes de la ronda de identificación. No podíamos escuchar a escondidas. Como la cirugía plástica para cambiar su aspecto no era una opción, me pregunté qué consejos le daría el trajeado de trescientos dólares la hora.

Al cabo de veinte minutos, Fisher asomó la cabeza.

"Estamos listos para proceder. ¿Dónde está el testigo?".

"Esperando en la sala de recepción".

"No quiero que mi cliente pase por delante de él. Podría causar perjuicio en el testigo".

"Estamos conscientes de que hay que prevenir el empañar los resultados. La sala de identificación está al final del pasillo. El testigo no será llevado allí hasta que los hombres de la rueda de reconocimiento estén colocados".

"Eso es satisfactorio. Terminemos con esto".

Normalmente nunca me gustó completar una rueda de identificación policial solo con agentes. Generalmente quería tener al menos dos o tres civiles junto al sospechoso. En este caso, Bellows había sido oficial, así que la capacidad de olfatear a un policía no afectaría el proceso.

El problema para nosotros era encontrar cuatro oficiales tan bajos como Bellows. No pudimos y sacamos a dos tipos del departamento de informática para que fueran con un policía de la unidad cibernética y otro de la de delitos financieros.

Entré en la sala de preparación. A Bellows y a los demás les dieron números para colgárselos del cuello. Bellows llevaba el número cinco. Sería el último en la alineación. Todos estaban listos. Les dije que llamaría cuando estuviéramos listos.

Derrick y el testigo estaban en la oscura sala de observación. Advertí a Fisher que guardara silencio antes de unirme a mi compañero. En cuanto entré, Derrick dijo: "Tengo que hablar contigo en cuanto acabemos. Acabo de recibir un correo electrónico interesante".

Asintiendo, pulsé el interruptor de la sala de rueda de identificación. El testigo dio un paso atrás cuando la luz fluorescente inundó la ventana.

"No pasa nada. Nadie puede vernos aquí".

"¿Seguro?".

"Absolutamente".

Llamé a la sala de preparación y se abrió una puerta. Los cinco hombres entraron en la sala, de pie a lo largo de su pared trasera.

"Tómense su tiempo para observar. Tenemos todo el tiempo que necesite. Cuando quiera ver sus perfiles, solo tiene que decirlo".

Estudié su rostro mientras avanzaba por la fila. Se detuvo en el número tres más tiempo que en los dos primeros. *Mierda.* Pasó rápidamente del número cuatro al cinco. ¿Eso fue un tic? Se quedó en él tanto como en el tres, así que teníamos una oportunidad.

Volvió a la línea y dijo: "¿Podemos pedirles que giren, por favor?".

Toqué el intercomunicador. "Gírense a la izquierda, por favor".

Los hombres giraron, mostrando su perfil derecho. Yo quería que el testigo nos hiciera una señal, pero al cabo de unos segundos dijo: "¿Podemos ver su otro lado? El lado que vi cuando el tipo estaba en el Explorer".

"Giren al otro lado, caballeros".

En cuanto los hombres mostraron el lado izquierdo de sus perfiles, el testigo se asomó a la ventanilla. Se tomó más tiempo para repasar a los hombres, pero pasó de largo a los dos primeros. Volvió a mirar atentamente al número tres. No lo entendía. No se parecía en nada a Bellows.

Prácticamente se saltó al cuarto hombre y miró a Bellows más tiempo que al número tres. El testigo se volvió hacia Derrick. "Bien, ya he visto suficiente".

49

DERRICK ME APARTÓ. "CUANDO ME LLAMASTE DESPUÉS DE SALIR del estadio para verificar los antecedentes, lo hice".

"¿Y qué surgió?".

"Smick estuvo en Park Royal Behavioral hace menos de un año".

"¿Park Royal? ¿Por qué?".

"Trastorno bipolar".

"No podemos conseguir los registros mientras estuvo allí".

"Lo sé, pero la gente con ese trastorno puede ser violenta".

"¿Cuánto tiempo estuvo allí?".

"Sesenta días".

"Si dejó de tomar su medicamento, podría haberse vuelto violento fácilmente".

"Deberíamos hablar con este tipo".

"Sin duda, pero me preocupa que si le asustamos, pueda deshacerse de pruebas".

"¿Quieres que lo vigilen?".

"Lo que realmente quiero es registrar su casa y su furgoneta. Vi algo que parecía raro en su furgoneta. Algo como un perro, pero no se movía, como si estuviera muerto".

"Eso es más que raro".

"Voy a llamar a mi colega Tim Winters, a ver si puede averiguar si Smick entró en Park Royal bajo la Ley Baker porque era una amenaza para alguien. Y cuando arrestó a Smick, si le hicieron un frotis de ADN".

"¿Qué quieres que haga con Bellows?".

"Sabes, este testigo ocular me pone nervioso. Si necesitamos armar un caso contra él, no podremos usar la rueda de identificación. No pudo decidir entre Bellows y Baco. Si lo hacemos, la defensa lo convertirá en confeti".

"No tenemos suficiente para conseguir una orden de registro, ¿verdad?".

"Todo lo que tenemos para darle a un juez es el ángulo del marido enfadado. ¿Por qué no le sigues la pista, a ver si puedes sacar algo de su ADN?".

"Oye, Frank, investigué a Eugene Smick por ti".

"Gracias, Timmy. ¿Qué tienes para mí?".

"Sé que lo sabes, pero no puedes estar transmitiendo esto, ¿de acuerdo?".

"No hay problema".

"Smick fue llevado a Park Royal bajo la Ley Baker. El oficial tomó la determinación e invocó el acta. El oficial estaba respondiendo a una llamada que había hecho un vecino. Smick estaba aparentemente furioso, amenazante y sin sentido. Decía que alguien le había abollado el auto y que era uno de los vecinos, y que ellos sabían quién era pero no se lo decían. El agente intentó razonar con él, pero repetía una y otra vez que tenía una pistola y que iba por sus vecinos".

"Qué triste".

"Cuando lo trajeron por acosar a Weaver, tomaron una muestra de ADN, ¿verdad?".

"Sí, pero aquí está la cosa: dado que la ley acaba de entrar en vigor este año, hemos estado tomando las muestras, pero el laboratorio está sobrecargado. Ordenaron tomarlas pero nunca añadieron personal para procesarlas".

"¿Me tomas el pelo? Agregamos dos técnicos en Collier para manejarlo".

"Tenemos un promedio de sesenta y cinco arrestos por día".

"Solo unos veinte al día".

"Necesitaríamos seis técnicos, mínimo, y solo agregaron uno".

"¿Hay algo que puedas hacer para subirlo a primer lugar?".

"Sin causa probable, nadie puede hacer nada. A menos que seas el sheriff, claro. Ya sabes cómo va eso".

"Estoy trabajando en ello. Gracias, Timmy, realmente lo aprecio".

HACIENDO LA COMPRA, le di vueltas a las posibilidades de que un juez accediera a dejarme registrar las casas de Bellows y Smick. Era poco más de cero. Pedir dos al mismo tiempo probaba la debilidad en la culpabilidad de cualquiera de los dos.

Revisé la receta de puttanesca que hicimos en la clase de cocina que Mary Ann me había regalado por mi cumpleaños. Poco a poco, mi interés por la cocina había ido en aumento. Siempre me había gustado comer fuera y apreciaba la forma en que los restaurantes preparaban sus versiones de un plato, pero antes de conocer a Mary Ann, cocinar era calentar sopa o hacer queso a la plancha.

No era del tipo creativo, pero podía seguir una receta y me gustaba convertir ingredientes crudos en una comida. Este plato era una versión de un plato de pasta tradicional que llevaba el nombre de las damas de la noche. Añadía atún y reducía las anchoas. Me gustó cómo combinaba con el Chianti.

Examinando un manojo de tomates maduros, sonó mi teléfono. Era Derrick.

"¿Puedes esperar? Estoy en Publix".

"Conseguí algo de ADN de Bellows".

"¿Cómo lo hiciste?".

"Lo seguí a Panera por Old Forty-One. Tomó un sándwich y un refresco. Tomé el vaso que usó".

"No te vio, ¿verdad?".

"No. Estuvo pegado a su teléfono la mitad del tiempo".

"¿Lo llevaste al laboratorio?".

"Estoy en camino ahora mismo".

"Bien, hablaremos más tarde".

"Espera, hay más. Han detenido a Jacques Redoux en Miami intentando embarcar en un vuelo a Marsella".

"¿Le han interrogado?".

"No intensamente, nos estaban esperando".

"Envíame los datos de contacto de los tipos de Seguridad Nacional que lo retienen".

Embolsé dos racimos de tomates y corrí al pasillo de las conservas. Un par de latas de atún iban a tener que bastar esta noche, pero lo haría Progresso. Me dirigí a la caja y me desvié hacia la sección de vinos. No había tiempo para parar en una tienda de vinos. No encontré ningún productor que reconociera y cogí una botella de veintidós dólares que tenía una bonita etiqueta negra y dorada.

Irrumpí en la casa.

"Estoy en casa".

"Papá está en casa, Jessica. Démosle un beso de bienvenida".

Dejé la bolsa sobre la mesa, besé a Mary Ann y tomé a mi

hijita. Llevaba un mono blanco sobre una rosa. Estaba preciosa. Le di un beso.

"¿Quieres dar un paseo a caballo?".

Jessie sonrió y me la subí a los hombros, trotando por la casa mientras Mary Ann desempaquetaba la compra. Entré en la cocina y Mary Ann me dijo: "No has traído espaguetis".

"¡Mierda!".

"¡Frank!". Me quitó a Jessica. "¿Cuántas veces tengo que decirte que cuides tu boca?".

"Lo siento. No sabes lo que está pasando. Mi mente está frita con el caso Salter. Estoy haciendo malabares con tres sospechosos y la mier... todo está golpeando el ventilador".

50

"¿Por qué abriste la botella si no ibas a bebértela?".

No quería decirle que estaba esperando una oportunidad para salir de casa y volver a buscar al asesino de Salter.

"Supongo que estoy preocupado por el caso".

"Es como si ni siquiera estuvieras aquí. Jessica está tratando de mostrarte que está comiendo, y no le estás prestando atención".

"Lo siento, hay tanto que hacer...".

"Acordamos no traerlo a casa. Recuerda, el tiempo en familia es tiempo en familia".

"Lo sé, pero...".

"Lo conseguirás, Frank. Bebe el vino y relájate. Mañana llegará antes de que te des cuenta".

Me serví un vaso y bebí un buen trago antes de cortar una ristra de espaguetis para Jessie.

Menos mal que me dio un subidón al beberme toda la botella; fue lo único que me impidió escabullirme de casa.

A la mañana siguiente estaba en mi escritorio antes de las ocho, redactando una solicitud para registrar las casas de Bellows y Smick. Teníamos que estar preparados para actuar en cuanto tuviéramos sospechas más que fundadas. Las imprimí y las dejé sobre el escritorio de Derrick con una nota en la que le decía que le llamaría para darle instrucciones.

Había intentado encontrar la forma de relacionar a Bellows y Smick, pero desistí en mi intento de conseguir que un juez me permitiera registrar ambos departamentos.

Viajando por Daniels Parkway había muchas señales del estadio JetBlue. Smick vivía cerca del estadio. Cuando bajé por Epping Way, me di cuenta de lo cerca que estaba. El estacionamiento del estadio empezaba a un par de metros del final de su calle. Detrás de su complejo de departamentos había un edificio de oficinas con la sede de Crystex Electronics.

Entré en el estacionamiento e inmediatamente vi la furgoneta de Smick. Eran las nueve y media de la mañana y solo había una plaza libre. ¿No trabajaba nadie? La puerta de un pequeño vestíbulo estaba cerrada. Una mujer con un bebé en brazos salió por una puerta y se dirigió hacia la parte trasera del edificio. Saqué mi teléfono y le envié un mensaje a Derrick diciéndole dónde estaba.

Cuando levanté la vista, Smick estaba en el pasillo cerrando la puerta. Metió una serie de llaves en la puerta; parecía haber tres cerraduras. Retrocedí un paso cuando Smick me miró. Se dirigió en la dirección que había tomado la mujer.

Volví corriendo al estacionamiento. Smick, con una gorra de béisbol roja, estaba a seis metros de su furgoneta.

"¿Señor Smick? ¿Eugene Smick?".

Se dio la vuelta. "Sí. ¿Qué quieres?".

Saqué mi placa. "Detective Luca, departamento del sheriff".

Se pasó una mano por la barba incipiente de la mejilla, pero no dijo nada. Tenía los ojos vidriosos.

"Quería hacerle un par de preguntas".

Smick llevaba botas de trabajo y pantalones chinos manchados de grasa. "Vamos, necesito mi café, hombre".

"¿Tarde?".

"Necesito mi café antes de ir a trabajar".

Una de sus piernas temblaba rápidamente. "Seré rápido".

Suspiró pesadamente. "Oh, hombre. Necesito mi maldito café. No lo entiendes".

"¿Te gusta vivir junto al estadio?".

Sonrió. "Oh sí, está bien, pero odio cuando se acaban los entrenamientos de primavera. Solo quedan cuatro días. Ojalá hubiera mil días más. ¿Sabías que uno de los campos de entrenamiento, el que está a la izquierda del estadio, tiene las mismas dimensiones que Fenway Park? ¿No es genial?".

"No lo sabía".

"¿Hemos terminado?".

"Hace un par de días estuve en el partido, contra los Yankees".

"Ganamos ese partido. Buena remontada. Brecker bateó un doble y Martínez lo llevó a casa para empatar. Había dos outs cuando empataron. Me estaba poniendo muy nervioso...".

"Te peleaste con Ron Weaver porque el equipo perdió a Blair".

Se puso de puntillas. "¡Eso fue una completa metida de pata! Son unos malditos imbéciles. Blair es el mejor jardinero central. ¿Quieren darme la mierda de que Sánchez va a ocupar su lugar? Una estupidez total. Eso es lo que es. Blair, bateó dos ochenta y nueve, tuvo veintisiete dobles, catorce jonrones, su porcentaje en base es de tres ochenta y tres".

Señalé su vehículo. "Vi las pegatinas en su furgoneta sobre trasladar el equipo fuera de Fort Myers".

"Fue una de las cosas más estúpidas que hubiera hecho el equipo. No dejaremos que ocurra".

"¿Qué quieres decir con que no dejaremos que suceda?".

"Los fans. Es nuestro equipo. Sin nosotros no tienen nada".

"Tengo entendido que el nuevo estadio tendría un montón de comodidades y sería más grande que el de aquí".

"¿Quién necesita comodidades? ¿Las corporaciones? Nos lo arruinarán. Este lugar no tiene ni diez años. Aquí tenemos seis campos más. Además de instalaciones de rehabilitación para cuando un jugador se lesiona. El año pasado, cuando Jiménez se lesionó el hombro, estuvo aquí casi todo junio. Pude hablar con él un montón de veces. Nos hicimos buenos amigos. Y los GLC Red Sox juegan aquí todo el verano".

"¿Conoces a Elby Salter?".

Smick parpadeó. "No".

"Era el hombre de negocios que estaba detrás del esfuerzo por trasladar al equipo. Salter era el dueño de la propiedad en la que se iba a construir el nuevo estadio".

"Nunca he oído hablar de él. Me tengo que ir. Llego tarde".

Smick subió a su furgoneta y se marchó. Recorrí el edificio intentando identificar qué ventanas pertenecían a su departamento.

51

Nos habían exigido que siguiéramos cursos sobre la posibilidad de que alguien con quien nos encontráramos padeciera una enfermedad mental. El plan de estudios solo ofrecía una visión general, pero fue revelador.

Podía visualizar a la instructora, pero no me salía su nombre. Tomé la carpeta que habíamos utilizado en clase del fondo de mi cajonera. Justo en la portada estaba su nombre e información de contacto: Norma Wiedner, miembro certificado de la Junta Americana de Psiquiatría y Neurología.

"Doctora Wiedner, soy el detective Luca, de la oficina del sheriff del condado de Collier. Nos conocimos en la conferencia de seguridad pública en Orlando. Tomé su clase y aprendí bastante de ella".

"Gracias. ¿A qué división pertenece?".

"Homicidios".

"Ya veo. ¿En qué puedo ayudarle?".

"Tenemos un caso, y francamente no estoy seguro de que esta línea de investigación esté relacionada, pero aprender más sobre su campo no puede hacer daño".

"Desde luego que no. Ojalá más cuerpos de seguridad

tuvieran programas enérgicos para educar a su personal sobre las enfermedades mentales. ¿Qué le gustaría saber?".

"Intento entender algo sobre el trastorno bipolar. Tenemos a alguien que ingresó en un centro para el tratamiento del trastorno bipolar".

"¿Cómo lo sabe? Esa información es confidencial".

"Hubo un disturbio doméstico y el individuo amenazaba con hacer daño a sus vecinos, lo que obligó al agente a invocar la Ley Baker".

"Eso funcionó como pretendía la ley, pero cualquier diagnóstico realizado por el centro receptor es privado. ¿Cómo obtuvieron el historial del paciente?".

"El individuo hizo una revelación voluntaria cuando fue arrestado por un delito no relacionado".

"Ya veo".

"Existe la posibilidad de que haya asesinado a alguien, pero la motivación no parece ser muy fuerte. ¿Qué puede decirme sobre esta enfermedad?".

"Un diagnóstico de bipolar no significa que alguien sea violento. De hecho, se cometen más actos violentos contra personas con enfermedades mentales que por quienes las padecen. Si no se trata, es un trastorno degenerativo y puede derivar en psicosis".

"¿Una pérdida de contacto con la realidad?".

"Sí. Los riesgos son mayores si hay abuso de sustancias o si la persona está desempleada".

Smick tenía trabajo. ¿Tomaba drogas? "Tiene sentido".

"Basado en lo que dijo, desafortunadamente parece que este individuo tuvo al menos un episodio maníaco. Sin tratamiento, hay una alta tasa de recurrencia".

"¿Puede explicar qué es un episodio maníaco?".

"Un estado de mayor activación general con mayor expresión".

"Lo siento, doctora, ¿puede poner eso en lenguaje cotidiano?".

"Estado de ánimo elevado. Pueden ser eufóricos o irritables. A medida que la manía se intensifica, la irritabilidad puede ser más pronunciada, llevando a la posibilidad de violencia. Muchos enfermos también experimentan desmayos. No tienen memoria ni capacidad de recordar cuando tienen un episodio".

"Si alguien recibiera tratamiento, digamos durante un periodo de sesenta días, pero hubiera dejado de tomar sus medicamentos, ¿eso lo provocaría?".

"Me temo que sí. La adherencia a la medicación es un problema grave en general, pero especialmente agudo cuando se trata de enfermedades mentales. Se calcula que casi el sesenta por ciento de los pacientes no son adherentes. Es una pena, tomar los medicamentos prescritos ayudaría a controlar su trastorno".

"Por curiosidad, ¿las estancias más largas en un centro aumentarían la tasa de que la gente tomara sus medicinas?".

"Sí, pero lo único que a nadie parece importarle es que el costo de la atención en un entorno certificado es más de cuatro veces el costo del encarcelamiento".

"Eso no lo sabía".

"Es cierto, pero completamente engañoso. Si alguien comete un delito que podría haberse evitado tratando su enfermedad mental, irá a la cárcel durante años y años. Hay que comparar el costo del tratamiento con el de diez años de cárcel".

Y dio en el clavo. Dolor financiero a corto plazo para beneficio a largo plazo, y no solo en el sentido monetario. Quería continuar la discusión, pero tenía que localizar a un asesino.

ALLIGATOR ALLEY ESTABA VACÍO. Reduje la velocidad de ochenta y cinco a medida que me acercaba a la sección que atravesaba la Reserva India Miccosukee. No quería meterme en ningún lío con uno de sus autos patrulla. Mientras comprobaba el velocímetro se me ocurrió una idea y llamé a mi compañero.

"Derrick, pon la solicitud de una orden para Smick".

"¿Seguro?".

"Mira, el ADN de Smick está atrasado en Lee. Vamos a obtener los resultados de ADN de Bellows de nuestro laboratorio más rápido. Así nos movemos en ambos frentes".

"¿No debería poner algo en la solicitud sobre el atraso en el condado de Lee? El juez podría ser comprensivo".

"De ninguna manera. No se trata de simpatía; se trata de causa probable. Si un juez sabe que estamos esperando una muestra de ADN, va a hacer que nos quedemos de brazos cruzados hasta que llegue".

"Buen punto. ¿Qué tan cerca estás de Miami?".

"Más de la mitad".

52

VI EL VIDEO DE JACQUES REDOUX MIENTRAS ERA ESCOLTADO fuera del área de detención del aeropuerto de Miami. Parecía estar bromeando con los guardias de Seguridad Nacional y tenía una sonrisa en la cara. Se había afeitado la barba. Me dirigí a una sala de entrevistas con dos botellas de agua.

El monótono espacio estaba junto a una zona en la que un puñado de inspectores de aduanas revisaban el equipaje. El olor a sudor flotaba en el aire. Se intercambiaban preguntas y respuestas en varios idiomas.

El francés entró con su saco deportivo azul colgado del hombro. Su camisa blanca estaba muy arrugada, al igual que sus pantalones grises. Profundamente bronceado, Redoux tenía un aire de conserje de hotel.

Me presenté y pedí a los guardias que esperaran fuera. Nos sentamos frente a un escritorio metálico. Tenía menos acento que su prima Marie.

"Espero que podamos poner fin a este malentendido".

No he conducido dos horas y pico por un malentendido. "¿Cuál era el propósito de tu visita a los Estados Unidos?".

"Era hora de un poco de diversión y sol".

"¿Dónde te alojaste?".

"En el Hotel Marsella".

¿Había un hotel en Miami con el mismo nombre que la ciudad francesa con la que estaba relacionada su banda criminal? Necesitaba procesar eso.

"Déjame ver el recibo".

Mientras abría su cartera, dijo: "Oh, eso fue la última vez. Lo había olvidado. Debe ser la falta de sueño. Como puedes imaginar, anoche no pude dormir".

La factura era del Pestana South Beach. Me había alojado allí hace unos años. Estaba justo al lado del Centro de Convenciones de Miami Beach. Conduciendo hacia allí, pasé por delante de varias vallas publicitarias que anunciaban el Basel Art Show. Era una de las mayores exposiciones de arte contemporáneo del país.

"¿Fuiste a la exposición de arte?".

"¿Arte? No, eso no es para mí".

"Tu tío, Lucien, parece estar muy interesado en ello".

"No sabría decirte".

"¿Por qué no dejamos de fingir que estás aquí de vacaciones?".

"Siento no entender qué creen las autoridades americanas que he hecho".

"¿Visitaste a tu prima Marie?".

"Ella está en Nueva York, ¿no?".

"¿Conoces a Elby Salter?".

Sacudió la cabeza. "No. No le conozco".

Le entregué una foto de Salter. La tomó y le echó un buen vistazo. "¿Es este el hombre Salter?".

"Sí".

Me la devolvió. "Nunca vi a este hombre".

Abrí una botella de agua. "¿Quieres una?".

"Sí. Gracias".

Bebimos unos tragos y obtuve mi ADN, aunque no me serviría de mucho si estuviera en Francia. Las cuarenta y ocho horas de detención estaban llegando a su fin, y él lo sabía.

"El honor familiar es algo importante en Francia, ¿no?".

"Por supuesto. Pero no somos los únicos que valoramos la familia".

"Cuando alguien ataca o hiere a un miembro de la familia, se lo toman en serio, ¿verdad?".

"Por supuesto. Son preguntas básicas. Lo siento, señor detective, pero no entiendo la técnica americana. ¿Por qué me han detenido?".

"¿Le pidió su prima Marie a usted, a su tío o a cualquier otro miembro de su familia que vengara un agravio contra la hija de Marie?".

"¿La hija de Marie? ¿Qué ha pasado?".

"Creemos que puede haber sido agredida sexualmente".

Sus hombros se hundieron. "¿Por quién? ¿Quién es el bastardo?".

Señalé la foto de Salter.

Estaba ocultando algo, pero su lenguaje corporal me decía que no tenía nada que ver con Salter. No era una pérdida de tiempo; tenía que ver a este tipo por mí mismo. Le hice varias preguntas más antes de devolverlo a Seguridad Nacional.

No levanté nuestro control sobre él. Se traía algo entre manos, y aprovecharía el largo viaje para intentar averiguarlo.

53

Derrick confirmó que Smick estaba trabajando. Era perfecto. No tendríamos que soportar ninguna queja mientras buscábamos. Entramos en el estacionamiento detrás de dos autos marcados. Antes de que sacáramos nuestro equipo, tres residentes habían salido del edificio para ver qué pasaba.

Por precaución, llamé a la puerta de Smick mientras Derrick iba a buscar una llave del encargado. Dos agentes se apostaron a ambos lados del pasillo para mantener alejados a los residentes.

Derrick abrió la puerta, pero había otras dos cerraduras de las que el encargado no tenía llaves. Rebuscó entre la colección de llaves extraviadas del departamento y sacó dos que coincidían con las cerraduras. En cinco minutos abrió la puerta.

Me llegó un olor inconfundible: el olor de un hombre que vive solo. Antes de entrar, encendí las luces y exploré las zonas visibles.

Dominada por lo que parecía un televisor de setenta pulgadas, la habitación principal parecía estar a punto de ser repintada. Una pared y media estaban cubiertas de pintura azul. Un póster enmarcado de Carlton Fisk persuadiendo a una pelota para que se mantuviera en su sitio estaba apoyado contra una pared.

Caminamos hacia una escalera situada en un rincón de la habitación. En el último peldaño había un rodillo cubierto de pintura seca. Hacía meses que lo habían sumergido en un recipiente que contenía pintura endurecida.

Derrick dijo: "¿Qué es todo eso? Termina la pared antes de abandonarla".

"Creo que está relacionado con su condición. Leí que las personas con trastorno bipolar tienen estallidos de energía en los que abordan proyectos pero nunca los terminan, ya que su estado de ánimo cambia".

Un lanzamiento de los Red Sox estaba en el respaldo de un desgastado sofá de pana. En la esquina de la mesita había tarjetas de puntuación de béisbol.

"Empieza por aquí, Derrick".

Entré en la cocina. La nevera estaba cubierta de imanes de los Red Sox. Un rompecabezas parcialmente acabado sobre la mesa estaba cubierto de correo, un tazón sucio y una cuchara. Abrí unos cajones y me dirigí al dormitorio principal.

No había cabecera y la cama estaba deshecha. Fui directamente a la mesilla de noche y abrí el cajón de un tirón. No había pistola, pero sí muchos frascos vacíos de pastillas. Me puse guantes y cogí uno. Era algo llamado Lamictal. La receta tenía más de un año.

Había otros tres frascos de Seroquel y Abilify. Todos estaban vacíos. A menos que llevara sus pastillas encima, Smick no tomaba su medicación. Hice una foto y cerré el cajón.

Había un monitor y un teclado sobre un escritorio de metal cubierto de papeles. Eran formularios de impuestos para el año 2015. Abrí el único cajón. Encima de una revista *de Sports Illustrated* había una pistola. Un revólver del 357. Lo levanté con el bolígrafo y lo embolsé. No había nada más de interés, a menos que te dedicaras a la recolección de tarjetas de béisbol o autógrafos.

Abrí el armario. Parecía solitario. Dos pares de vaqueros y chinos colgaban junto a una camisa de botones. La estantería, sin embargo, estaba repleta de artículos. Tendríamos que echarle un vistazo a fondo.

Derrick estaba mirando en un armario de la cocina cuando entré sosteniendo la pistola embolsada.

"Es un revólver .357".

"¿Crees que es el arma homicida?".

"No sé qué pensar, excepto que hay que hacerla analizar inmediatamente".

Llamé al laboratorio y le entregué el arma a un agente para que se la llevara a analizar.

PASÁBAMOS por el Hertz Arena cuando Derrick recibió una llamada. Era sobre un cuerpo.

"Parece que podríamos tener una identificación del cuerpo del muelle de Naples".

"¿Quién es?".

"Creen que es un bahameño que fue reportado como desaparecido. Un tipo llamado Abreu".

"¿De las Bahamas?".

"Sí, coincide con la descripción, incluyendo el tatuaje. Estaba en portugués".

"¿Cómo demonios acabó con un tiro en la nuca?".

"Parece que Abreu estaba metido en el tráfico de drogas, y quién sabe lo que hizo".

"Si está relacionado con drogas y es internacional, Chester lo entregará".

"Pensé que era seguro que tenía alguna conexión con Redoux".

"Llama al laboratorio; mira dónde están con balística".

Llamó. "Todavía no".

"¿Por qué demonios tardan tanto?".

"Dijeron que estaría terminado en no más de dos horas".

Mi alarma para orinar sonó. Hice lo posible por no ignorarla más. Además, teníamos un par de horas que perder.

"Tengo que mear. Un amigo mío trabaja en Mattress City, cerca de Immokalee. Los baños están limpios allí".

Derrick esperó en el auto. Mi amigo estaba hablando con una pareja sobre un colchón de tres mil dólares. Saludé con la mano y me dirigí al cuarto de baño.

Estaba tan limpio como lo recordaba. ¿Por qué una empresa de colchones ponía tanto empeño en mantener sus aseos impolutos mientras que muchas tiendas de comestibles no lo hacían?

Sentado en el trono, me hice cosquillas en el abdomen para intentar que empezara a gotear. Intenté sopesar las probabilidades de que tuviéramos el arma que mató a Salter. ¿Por qué alguien guardaría un arma homicida en el cajón de un escritorio?

Smick tenía problemas mentales y había sido hospitalizado por amenazar a sus vecinos. Sin embargo, mantenía un trabajo, lo que demostraba que podía ser responsable. Entonces, ¿por qué no se deshizo del arma o al menos la escondió si fue la que mató a Salter?

La duda empezó a crecer a medida que aumentaba mi flujo. Smick tenía una furgoneta que requería registro y seguro. Necesitábamos echar un vistazo al interior de su vehículo. Pensé en el auto de Elby Salter y en el hecho de que el deshuesadero controlado por Hamlet nunca había presentado la documentación correcta. ¿Qué ocultaba Hamlet?

Vamos, Luca. Piensa. ¿Qué es? Sácalo, Luca. Entonces

recordé algo que mi propio nombre provocó: Lucayan Holdings, el nombre de una empresa que apareció cuando hice una búsqueda de empresas relacionadas con Hamlet.

¿Podría haber una conexión? Estaban ubicados en las Bahamas. Ya sabes lo que pienso de las coincidencias.

54

Intentar ser discreto no funcionaba, así que le agité la placa en la cara y la recepcionista de Hamlet se desplomó como una sombrilla de playa barata. Como Derrick iba a avisarme cuando llegara el informe de balística, mantuve el teléfono en vibrador.

La mujer fue a avisar a Hamlet y desapareció más rápido que las muestras gratis de comida en Publix. La *Obertura 1812* que sonaba de fondo casi me hizo reír a carcajadas.

Apenas había pasado un minuto cuando Hamlet se acercó por el pasillo. Su nariz de Rodolfo era visible a diez metros de distancia. Señaló una habitación y entró. Las cabezas se levantaron de los puestos de trabajo cuando le seguí. Hamlet estaba en la misma sala de conferencias en la que nos habíamos reunido antes.

"Detective, estoy haciendo todo lo posible por localizar la documentación del vehículo de Elby".

"Bien, pero estoy aquí por otro asunto".

Tiró del puño de su manga. "Por favor, toma asiento. ¿De qué se trata?".

"Tus intereses comerciales en las Bahamas"

Se humedeció los labios. "¿Qué pasa con ellos?".

Llegó un mensaje de texto. Era de Derrick. No había coincidencia balística. El arma del departamento de Smick no era el arma homicida. Maldición.

"Me gustaría saber a qué se dedican".

"Bueno, Soluciones Caribeñas es nuestro negocio más grande. Se dedican principalmente a actualizar e instalar soluciones tecnológicas para los sectores privado y público. SC, como la llamamos, tiene varios contratos con el gobierno de las Bahamas".

"¿Trabajan con los bancos de allí?".

"No podrías evitarlo si quieres sobrevivir. Los servicios financieros están justo detrás del turismo en las islas".

"¿Y las Empresas Bahameñas?".

"Se centran en las necesidades básicas de la gente. Nada exótico. Tenemos la tercera mayor cadena de supermercados, aunque es algo que estamos considerando abandonar. Es demasiado competitiva y los márgenes son escasos".

"¿Y Lucayan Holdings?", lo dije pronunciándolo *luc-uh-yan*.

"*Luc-a-yan* Holdings se centra en el turismo. Tenemos intereses en un par de hoteles más pequeños, así como en varias entidades de excursiones y deportes acuáticos en toda la cadena de las Bahamas".

Mi teléfono vibró. Era otra vez la periodista jubilada. Ya había llamado dos veces. Desvié la llamada. "Alquilan barcos, ¿no?".

"Sí, además de parasailing, viajes de pesca, motos acuáticas y excursiones. También tenemos un servicio de transporte entre islas. Ese tipo de cosas".

"Tuvieron algunos problemas legales con ello, ¿verdad?".

"Uhm. No estoy seguro de a qué te refieres".

"¿No fue Lucayan sancionado por las autoridades de las

Bahamas por su implicación en una red de contrabando de drogas?".

"Ah, eso. Fue un empleado renegado que utilizó uno de nuestros barcos sin permiso. Francamente, deberíamos haber presentado cargos contra él por robo. Desgraciadamente, nos vimos envueltos en eso".

"Parece que hay un patrón, ya que era la segunda vez, como dices, que se veían envueltos en un delito de contrabando".

"Fuimos exonerados de toda responsabilidad en ambos casos".

"Pero pagaron multas importantes. Yo diría que fueron cómplices".

"Era más fácil pagar una multa que luchar contra ella. Las cosas no funcionan igual en las Bahamas. Así que decidimos dejarlo atrás. También endurecimos mucho nuestras prácticas de contratación, aunque encontrar empleados de calidad es una lucha en todo el Caribe".

"Gracias a un par de favores de amigos que trabajan para los federales, he visto la documentación del acuerdo. No es exactamente como dices". No la había visto, pero Hamlet no tenía ni idea del tipo de acceso que podíamos tener, y yo necesitaba un avance.

"Admitimos delitos menores".

"Tienes socios en tus negocios en las Bahamas, ¿verdad?".

"Nos asociamos todo el tiempo, especialmente en lugares como el Caribe, donde los locales pueden ser la diferencia entre el éxito y el fracaso".

"Lo haces frecuentemente con la familia Salter, ¿no?".

"Sí, entre otros".

"¿Con los demás en tu grupo de reunión mensual?".

"Hacer negocios y tratos con entidades que tienen objetivos y atributos similares no es una violación de la ley".

Decidí intentarlo. "Tengo entendido que algunos de tus

compañeros de póquer también están involucrados en las Bahamas".

"Tenemos socios minoritarios en muchas de nuestras inversiones".

"¿Son los Salter socios en alguna de tus empresas en las Bahamas?".

"No puedes esperar que siga la pista de detalles como ese. Tenemos casi trescientos vehículos de inversión y decenas de socios".

Sabía muy bien si Salter estaba involucrado o no. Hamlet ocultaba la participación de Elby Salter. Las preguntas comenzaron a burbujear. ¿Había una conexión entre el grupo secreto y el contrabando de drogas? ¿Un forastero le dio un escarmiento a Salter? ¿O se enteró Elby Salter de las actividades secretas, lo denunció y lo mataron para silenciarlo?

Nunca habíamos explorado el ángulo de los narcóticos. La forma en que Salter fue asesinado encajaba con la forma en que los narcotraficantes hacían negocios. La DEA podría tener algo sobre una de las empresas de los Salter.

Al salir de la oficina de Hamlet, mi mente daba vueltas. Hamlet enviaba autos a China. ¿Tenía él o algún otro miembro del grupo envíos que entraran en el país, envíos que pudieran utilizarse para encubrir drogas importadas?

Para cuando subí al Cherokee, mi entusiasmo había decaído. Una gran red de drogas era una exageración. Esta gente ya era rica. ¿Por qué iban a arriesgarse? Pero estaba el cargo de contrabando de drogas. No uno, sino dos.

Esperando la oportunidad de entrar en la Ruta 41, un auto entró en el estacionamiento. El conductor me resultaba familiar. Era Tony Bellows. Puse la marcha atrás. Había un auto detrás de mí. Agité la mano, pero el conductor no hizo nada.

Abrí la puerta y salté. Con la placa en el aire, dije: "¡Quítate de en medio! Ahora mismo".

Chirriaron los neumáticos y retrocedí. Puse el auto en marcha y vi a Bellows entrar al edificio. Desapareció en un ascensor. Cuando llegué al vestíbulo, el ascensor ya estaba bajando.

Estudié el directorio de empresas del edificio de cuatro plantas. Hamlet Holdings ocupaba una planta. El resto de empresas eran asesores financieros, bufetes de abogados y contables.

Bellows y Hamlet. ¿Cuál era la conexión? ¿Podría ser el expolicía el asesino a sueldo? ¿Eran estos hombres prominentes tan inteligentes? ¿Averiguaron lo de la mujer de Bellows y lo usaron para solucionar el problema que tenían con Salter?

¿Dónde demonios estaban los resultados de ADN de Bellows? Saqué el móvil, dispuesto a partirles la cara a los del laboratorio, cuando el teléfono vibró en mi mano. Era el laboratorio.

55

Teníamos una coincidencia de ADN. Era el momento de traerlo. Siempre me aseguraba de que el equipo supiera cómo quería que se llevara a cabo un arresto. Íbamos a ser Derrick y yo junto con cuatro oficiales. Puede que fuera exagerado, pero presentarse con una fuerza abrumadora solía ser un seguro eficaz. Nos reunimos en mi despacho. Entregué a cada miembro un croquis del lugar.

"No quiero que nadie se arriesgue. Este tipo ha demostrado que mata. Si se siente acorralado, no se sabe lo que podría hacer".

Derrick dijo: "Frank y yo tomaremos el frente".

"Y quiero dos cubriendo la retaguardia y uno a cada lado. No me importa el calor que haga, todos con chalecos antibalas".

Un pequeño gemido fue tapado por el timbre de mi móvil. Era Mary Ann. Pulsé una respuesta automática de texto y dije: "No creo que nadie esté con él, pero nunca podemos estar seguros". Mi teléfono volvió a sonar. Era Mary Ann otra vez. "Lo siento, tengo que contestar".

"Mary Ann, estoy en medio-"

"Estamos en el hospital. Jessica se cayó...".

"¿Está bien?".

"Se golpeó la nuca. Fue una caída fuerte. Está sangrando, pero no mucho".

"¿Dónde estás tú?"

"NCH en Immokalee".

"Iré tan pronto como pueda".

"No tienes que venir, Frank. Solo quería que lo supieras. Ella estará bien".

"¿Segura?".

"Sí. Te llamaré más tarde".

Colgué. Derrick dijo: "¿Qué pasa?".

"Jessie se cayó y se golpeó la cabeza. Están en urgencias. Me tengo que ir".

"No te preocupes, Frank. Tenemos esto controlado. Le diré a Reilly que venga. Ve a cuidar de tu familia".

Lo tenía bajo control. "Te debo una, tío, gracias. Y ten cuidado".

"¿CÓMO ESTÁ JESSICA?".

"Es increíble. No necesitó puntos, solo unas suturas adhesivas mariposa. Ni siquiera lloró cuando le afeitaron la nuca. A Mary Ann y a mí se nos escapaban las lágrimas, pero ella estaba jugando con el estetoscopio del médico".

"Buen susto, ¿eh?".

"Has acertado. Están un poco preocupados por una conmoción cerebral, así que la vigilaremos esta noche, para estar seguros".

"Estoy seguro de que estará bien".

"¿Estás listo para hacer esto?".

"No puedo esperar".

Golpeé la puerta y la abrí. Era la primera vez desde que

aprendí las tácticas del interrogatorio que no incomodaba a un sospechoso.

Eugene Smick estaba masticando una cutícula.

"Señor Smick, soy el detective Frank Luca, y este es el detective Derrick Dickson".

"Me acuerdo de ti. Estuviste en mi casa".

"Así es. ¿Te importaría respondernos a un par de preguntas?".

Se encogió de hombros. "¿No puedes quitarme esto?".

"Es el protocolo, pero te diré lo que haré. Puedo quitarte una de ellas. ¿Cuál quieres que te quite?

Levantó el brazo derecho. "Esta".

Derrick recitó las formalidades. Desabroché un brazalete y dije: "Tienes derecho a tener un abogado presente durante esta entrevista".

"No necesito uno".

"¿Sabes por qué te detuvieron?".

"No he hecho nada".

"Tu ADN fue encontrado en el cuerpo de Elby Salter y en su vehículo. ¿Puedes explicar cómo sucedió?".

"Todo es posible hoy en día con la tecnología".

"Sabías que era el señor Salter quien estaba detrás del esfuerzo de trasladar al equipo fuera de Fort Myers".

"Fue una maldita idea estúpida".

"Y tú no querías que eso pasara, ¿verdad? Vives tan cerca del estadio JetBlue".

"Les dije que no lo hicieran. Envié cartas, pero nadie me escuchaba. Y no era solo yo. Sabes que había millones de aficionados que no querían que se mudaran. Ni siquiera uno estaba de acuerdo".

Noté un temblor en su mano izquierda. "¿Por qué dejaste de tomar tus medicinas?". .

"No hacían nada. Y costaban mucho dinero para nada".

"El condado va a pagar un suministro mientras estés bajo custodia".

"¿Cuánto tiempo voy a estar aquí?".

"Eso te lo puede decir tu abogado".

"¿Qué hora es?".

"Las dos y cuarto".

Se puso en pie de un salto. "Me estoy perdiendo el partido. Tienes que sacarme de aquí. No he hecho nada. No puedo perderme uno. Nunca me he perdido un partido en mi vida".

"No podemos hacerlo todavía, pero déjame ver qué puedo hacer para verlo por TV".

ENTRAMOS en el vestíbulo y Derrick dijo: "¿Eso es todo, Frank?".

"Hicimos nuestro trabajo, chico. Esto está muy por encima de nosotros. Tenemos suficiente evidencia física, incluyendo el arma homicida que encontraste en su camioneta. Presionar a alguien como él para que confiese solo va a agitarlo. Va a ser evaluado, y en este punto será internado en un lugar para delincuentes dementes".

"Y pensábamos que era Tony Bellows trabajando para Hamlet".

"Lo sé. Nunca hubiera imaginado que solo estaba haciendo sus impuestos".

"¿Crees que si Smick estuviera tomando sus medicinas, no habría matado a Salter?".

"No lo sé, pero los médicos parecen pensar que sí".

"Quizá algún día con la tecnología encuentren la forma de implantar un dispositivo como hacen con algunos pacientes diabéticos".

"Ese es un buen punto. ¿Por qué no han desarrollado algo así?".

Sonó mi móvil. Era la veterana reportera, Rosanne Roberts. "Déjame atender".

"Señora Roberts, ¿cómo está? Siento no haberle contestado, pero ha sido un día ajetreado".

"No pasa nada. A mi edad, se aprende a esperar".

"¿Qué puedo hacer por usted?".

"He investigado un poco más. Después de contarle esos dos incidentes, tenía que ver qué podía encontrar. Bueno, de todos modos, había una mujer, Matthews, que presentó una...".

"Sí, sabemos de ella, pero no quiso hablar debido a un acuerdo de confidencialidad".

"Vale, pero ¿usted sabía que esta mujer le hizo lo mismo a otros dos hombres?".

"¿Los acusó de abusos sexuales con su hija?".

"Sí, parece que consiguió que ambos le pagaran para que guardara silencio. No lo sé por seguro, pero lo de Elby Salter parece infundado".

El consuelo de que no se hubiera producido un caso de pederastia se vio mermado al saber que alguien había hecho acusaciones infundadas del más alto nivel y se había salido con la suya.

56

ANNABELLE HABLABA CON UNA MUJER QUE TENÍA A UN GRUPO de niños en fila detrás de ella. Señaló una exposición. La mujer asintió y se llevó a los niños.

Annabelle sonrió cuando se fijó en mí y se acercó, diciendo: "Esta mañana hay mucho trabajo".

"¿Cómo está?".

"La verdad es que bastante bien. La mudanza fue tan fácil como cualquier mudanza, y me gusta mi nuevo lugar".

"Eso es bueno. Sé lo difícil que puede ser seguir adelante".

"No lo voy a engañar; es un ajuste, pero descubres quiénes son tus verdaderos amigos".

"Apuesto a que sí".

"Lo curioso es que, en realidad, soy más feliz de lo que he sido en mucho tiempo".

"Me alegro por usted. Quería venir personalmente y compartir algo que aprendí sobre Elby".

Ella dio un pequeño paso atrás. "Oh. ¿Qué es eso?".

"Como sabe, hubo una denuncia sexual presentada contra él y rumores de conducta indebida que descubrimos durante la investigación".

Su ceño se frunció.

"Bueno, resulta que la mujer que presentó la denuncia tiene un historial de hacer ese tipo de cosas. Presentó la misma acusación contra otros dos hombres. No sé si eso le sirva de consuelo, pero quería que supiera que parece no tener fundamento".

"No sabe cuánto se lo agradezco. Como puede imaginar, todo el episodio fue perturbador. Quería creerle a Elby, pero en el fondo tenía dudas".

"Eso es completamente normal. Siento todo lo que hayamos podido deducir durante la investigación, pero era algo que teníamos que perseguir".

"Elby tenía sus defectos, pero algo así habría sido imperdonable".

Era agradable darle buenas noticias a Annabelle. Había pasado por momentos difíciles, pero parecía que iba a estar bien.

También pensé que Chadwick merecía saber que su hermano no era un pedófilo. Saqué mi teléfono y marqué su número.

57

En busca de clemencia por parte del fiscal, el abogado de oficio de Smick nos ayudó a obtener una confesión completa. Pero conocer los detalles no me dio la satisfacción que solía experimentar al conocer los pormenores de un delito.

En lugar de eso, me sentí abatido y salí del despacho. No cambiaría nada, ¿verdad? Hiciera lo que hiciera, no podría evitar que gente como Smick hiciera lo que hacía.

Sorprendí a Mary Ann llegando a casa temprano. Jessie estaba durmiendo en su corralito.

"¿Tienes la confesión de Smick?".

"Sí, todos los detalles deprimentes".

"¿Qué pasó?".

"Apuntó con una pistola a Salter en el estacionamiento del estadio y se subió a su todoterreno. Dijo que condujeron durante horas".

"El pobre tipo debía estar muerto de miedo".

"Salter trató de pagarle a Smick, fue a un cajero automático y le dio tres mil dólares para que lo dejara ir. Pero no funcionó. Smick hizo subir a Salter al asiento trasero y lo ató. Luego disparó a Salter en un semáforo en rojo en Livingston y Vander-bilt. ¿Puedes creerlo? Sentado en un maldito semáforo en rojo".

"Dios. Qué terrible".

"Enfermo, eso es lo que es. Después de deshacerse de Salter, condujo hasta donde trabaja, limpió y arruinó el motor para que pareciera que estaba averiado. Smick vertió ácido muriático en el vehículo y lo vendió al deshuesadero Carmine's Scrap Yard".

"Qué triste".

"No lo sé; este realmente me afectó".

"Bueno, ya se acabó".

Me encogí de hombros. "Tal vez me estoy haciendo dema-siado viejo para este trabajo. Quizá sea hora de mudarme arriba".

"¿Tú? ¿Detrás de un escritorio?".

"¿Por qué no?".

"¿Qué pasa, Frank?".

"No lo sé. Quiero que el mundo en el que Jessie crezca sea seguro, que sea un lugar mejor que en el que yo crecí".

"Y tú estás ayudando a conseguirlo".

"Eso no tiene sentido. ¿Qué es lo que hago? Limpiar después de que la mierda golpea el ventilador. Eso es lo que hago. No puedo evitar que ocurran cosas como esta. No importa lo que haga, la gente va a hacer locuras".

"No eres Dios, Frank. Haces lo que puedes. No te engañes. Lo que haces marca la diferencia. Sin ti, muchos de esos asesinos seguirían ahí fuera".

"Tal vez. Voy a cambiarme".

Me metí en la ducha, esperando quitarme la suciedad del caso.

MARY ANN ESTABA PONIENDO los pies de Jessica en la piscina mientras yo terminaba de preparar la cena. Una receta de salsa de higos que había leído para las costillas sonaba demasiado bien como para no probarla en un día como hoy. Unté las costillas, las cubrí con papel de aluminio y fui por una botella de vino. El chef me recomendó un gran vino, así que saqué un Syrah de California.

Al descorchar la botella, sonó el teléfono de casa. Nunca nos llamaba nadie. Me palpé los pantalones: ¿dónde estaba mi teléfono? Pensé que alguien me había llamado al móvil y contesté.

Era una mujer. "¿Detective Luca?".

"Sí. ¿Quién es?".

"Espere un segundo. El señor Salter quiere hablar con usted".

¿Chadwick me estaba llamando?

"Señor Luca, soy Prescott Salter. Quería agradecerle por traer a nuestra familia una medida de cierre con el arresto de su asesino".

"Se lo agradezco, pero solo hago mi trabajo, señor".

"Bueno, estamos agradecidos. Si podemos hacer algo por usted o por el departamento, no dude en pedírnoslo".

"Gracias. Hay algo que me gustaría que consideraran, ya que son activos en el ámbito de la caridad".

"Creemos que es nuestra obligación ayudar a los demás".

"Se lo pido no solo por las circunstancias del asesinato de su hijo, sino en un sentido general. Y no digo que otras causas no merezcan la pena, pero la salud mental no atrae el mismo número de dólares que, por ejemplo, la investigación del cáncer. A todo el campo le vendría bien algo de ayuda, ya sea concienciación, tratamiento, investigación, acceso, lo que sea; hay necesidad".

"Es una petición interesante y desinteresada, detective. Su madre hizo un buen trabajo criándole".

"La perdí demasiado pronto, señor, pero esa es otra historia. Gracias por su llamada".

Dos días después, estaba viendo las noticias mientras asaba champiñones portobello. Sonreí cuando el locutor informó de que un donante anónimo había donado 10 millones de dólares a la Asociación de Salud Mental del Suroeste de Florida.

EL SIGUIENTE LIBRO de esta serie es Pasos mortales en falso. Encuéntralo en eBook, edición rústica y audio.

Espero que hayas disfrutado leyendo este libro tanto como yo escribiéndolo. De ser así, te agradecería que escribieras una reseña rápida en Amazon o en tu página web de libros favorita. Las reseñas son el mejor amigo de un autor e incluso una o dos líneas rápidas son de gran ayuda. Gracias,

Dan

SOBRE EL AUTOR

Dan es uno de los autores más vendidos de USA Today y Amazon, escribió su primer cuento a los diez años y lo mismo disfruta contando una historia o un chiste.

Obtiene sus ideas explorando la pregunta: ¿Qué pasaría si...? En casi todas las situaciones en las que se encuentra, Dan explora qué pasaría si ocurriera esto o aquello. ¿Qué pasaría si esta persona muriera o hiciera algo inusual o ilegal?

La incesante creatividad de Dan le genera abundante material para tejer interesantes historias.

Fan de libros y películas con giros inesperados y difíciles de predecir, Dan elabora sus historias de manera que busca impedir que los lectores adivinen el desenlace. Escribe todos los días, forzando las palabras cuando es necesario y hasta la fecha ha escrito más de veinticinco novelas.

No es cuestión de querer escribir, Dan simplemente tiene que hacerlo.

Él cree fervientemente que la gente puede hacer realidad sus sueños si se concentra y actúa, y eso es precisamente lo que él fomenta.

Su dicho favorito es: "El precio de la disciplina es siempre menor que el costo del arrepentimiento".

Dan recuerda a la gente que debe eliminar la negatividad de su vida. Cree que es contagiosa y aconseja alejarse de las personas negativas. Él sabe que tener una mentalidad auténtica y positiva te hace sentir como si la vida estuviera manipulada a tu favor. Cuando se despista, se dice a sí mismo: "No puedes tener un buen día con una mala actitud".

Está casado, tiene dos hijas y un consentido maltés; Dan vive en el suroeste de Florida. Nativo de Nueva York, ha enseñado en universidades locales, escribe novelas y toca el saxofón tenor en varias bandas de jazz. También bebe demasiado vino y nunca se toma a sí mismo demasiado en serio.

Publica dos veces al mes un boletín con artículos, textos suyos y ofertas especiales.

Inscríbase en www.danpetrosini.com

www.ingramcontent.com/pod-product-compliance
Lightning Source LLC
Chambersburg PA
CBHW071532260626
47170CB00002B/607